W9-BFH-541

Celtina

La Terre des Promesses

Dans la même série

Celtina, Les Treize Trésors de Celtie, roman, 2006.

Celtina, L'Épée de Nuada, roman, 2006.

Jeunesse

Le sourire de la Joconde, série Phoenix, détective du temps, Montréal, Trécarré, 2006.

Le Concours Top-Model, Montréal, Trécarré, coll. Intime, 2005.

L'amour à mort, Montréal, SMBi, coll. SOS, 1997.

La falaise aux trésors, Montréal, SMBi, coll. Aventures & Cie, 1997.

Une étrange disparition, Montréal, SMBi, coll. Aventures & Cie, 1997.

Miss Catastrophe, Montréal, Le Raton Laveur, 1993.

Adultes

Verglas (avec Normand Lester), Montréal, Libre Expression, 2006.

Quand je serai grand, je serai guéri! (avec Pierre Bruneau), Montréal, Publistar, 2005.

Chimères (avec Normand Lester), Montréal, Libre Expression, 2002.

Corinne De Vailly

CELTINA
La Terre des Promesses

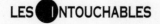
LES INTOUCHABLES

Les Éditions des Intouchables bénéficient du soutien financier de la SODEC, du Programme de crédits d'impôt du gouvernement du Québec et sont inscrites au Programme de subvention globale du Conseil des Arts du Canada.

Nous reconnaissons l'aide financière du gouvernement du Canada par l'entremise du Programme d'aide au développement de l'industrie de l'édition (PADIÉ) pour nos activités d'édition.

LES ÉDITIONS DES INTOUCHABLES
816, rue Rachel Est
Montréal, Québec
H2J 2H6
Téléphone : (514) 526-0770
Télécopieur : (514) 529-7780
info@lesintouchables.com
www.lesintouchables.com

DISTRIBUTION : PROLOGUE
1650, boulevard Lionel-Bertrand
Boisbriand, Québec
J7H 1N7
Téléphone : (450) 434-0306
Télécopieur : (450) 434-2627

Impression : Transcontinental
Infographie, maquette de la couverture
et logo : Benoît Desroches
Illustration de la couverture : Boris Stoilov

Dépôt légal : 2006

Bibliothèque et Archives nationales du Québec
Bibliothèque nationale du Canada

ISBN-10 : 2-89549-231-X à 0,99 $; 2-89549-229-8 à 8,95 $
ISBN-13 : 978-2-89549-231-3 à 0,99 $; 978-2-89549-229-0 à 8,95 $

L'auteure a bénéficié d'une bourse en recherche et création
du Conseil des arts et des lettres du Québec.

Conseil des arts
et des lettres
Québec

Pour leurs encouragements et leurs commentaires,
merci à Robin De Vailly-Lafortune,
Simon Lafuste-Godin et
Guillaume Chevalier-Vaillancourt,
mes premiers lecteurs.

La brume matinale a enveloppé
Les statues de pierre comme des soldats
Le promeneur solitaire que je suis
Vient s'y perdre sur les pas des dieux maudits

Je crois entendre les derniers Gaëls
Les guerriers du ciel devenus remparts
Pour Mona refuge éternel
Temple sacré du peuple du Savoir

Les rochers ont perdu espoir
Au son honni des cuirasses barbares
La Vérité s'est faite Lumière
Seule visible aux regards de ces hommes fiers.

(*Bretagne*, CORINNE DE VAILLY, 1983)

Chapitre 1

La spirale de fumée chatouilla le pied des nuages. Maève, la grande prophétesse, tourna un quart de tour de plus autour du mannequin d'osier. Elle y plongea la flamme d'une torche. La silhouette d'osier tressé s'embrasa, emportant dans le ciel nocturne le sacrifice d'un agneau et d'une chevrette.

À ce signal, une douzaine d'élèves dans leur aube* de lin blanc sortirent à la queue leu leu de la Maison des Connaissances. Les torches qu'ils portaient à la main se détachaient comme des lucioles dans le noir. La procession se dirigea lentement vers le cercle de pierres au centre duquel se dressait le brasier. De la gorge des jeunes gens, à l'unisson, s'échappa une puissante mélodie, un chant envoûtant venu du fond des âges. L'écho s'en répercuta au loin. Les apprentis druides et prêtresses, âgés de six à vingt ans, formèrent une ronde autour du feu qui brûlait maintenant avec ferveur. Le cercle sacré, symbole du cycle du temps, de l'éternité, était parfaitement formé, comme il se doit.

Pour célébrer ses douze ans survenus au dernier quartier de lune, Celtina avait reçu un grand honneur : devenir échanson*, le temps de la cérémonie. Elle avait été choisie pour porter une outre de liqueur de miel, qu'elle tendit à tour de rôle aux célébrants. Sept ou huit grands druides burent à la régalade* ; l'ivresse ouvrant leur esprit aux dieux qu'ils invoquaient.

Celtina reprit sa place parmi les autres. Puis Maève entra dans le cercle, venant de l'ouest comme le voulait la tradition. Elle se plaça seule, imposante et fière, devant le brasier. La grande prêtresse remercia l'esprit du lieu, puis, d'une voix forte, elle procéda à l'appel à la paix, dans les quatre directions. Se tournant d'abord vers l'est, elle exhorta les forces de l'Air :

– Force du vent, roi du ciel, aussi léger que le vol de l'oiseau, toi qui es le milieu propice à la diffusion de la lumière, des odeurs, de la couleur, sers-nous d'intermédiaire avec le Síd, permets à notre conscience de s'élever vers le souffle, l'âme et l'esprit. Sois le fil qui saura nous conduire vers la sagesse.

Puis elle s'orienta vers le sud pour remercier la puissance du Feu :

– Pouvoir de la lumière, chaleur magique, Feu de Bélénos, toi l'énergie du monde, nous te remercions pour ton activité terrestre, mais aussi pour la foudre de notre père Dagda. Toi, le Feu, purificateur et régénérateur, tu es notre cœur, celui qui dicte nos passions. Grâce à toi, nous pouvons faire preuve d'intuition et, se liant à l'esprit, ton dynamisme et ta puissance nous donnent la force créatrice.

Tous les élèves murmuraient la prière des druides, tandis que Maève continuait à s'adresser aux éléments. Elle pivota vers l'ouest et parla aux forces vives de l'Eau :

– Toi, l'Eau sans qui la vie ne pourrait être, symbole de purification et de guérison, apporte-nous les connaissances spirituelles, la lumière de l'intelligence, une source d'inspiration. Toi qui n'as ni début ni fin, guide-nous vers l'infini.

Pendant l'invocation, les élèves se gardaient bien de se lâcher la main, car le cercle ne pouvait être ouvert que si la paix régnait dans les quatre directions. Il fallait donc attendre le signal de Maève, qui était la seule à pouvoir dire si la sérénité régissait le monde. Pour terminer son incantation, Maève se tourna vers le nord et les forces de la Terre.

– Terre mère, douce, chaleureuse, protectrice, mais aussi terrible et possessive, unis-toi aux forces de l'Eau, du Feu et de l'Air pour donner la vie aux arbres, aux animaux, mais aussi aux hommes…

– Et n'oublie pas le peuple des fées…, murmura Celtina, si bas que personne ne put entendre ce petit ajout de son cru.

Maève exécuta un dernier tour autour du brasier, avant de délier les mains des élèves et d'ouvrir le cercle. La première partie de la fête du solstice d'été s'était passée sans problème et selon les rites druidiques.

Mais, cette année, la fête de Beltaine avait un goût particulier pour les élèves de l'île de Mona. Plusieurs d'entre eux allaient bientôt quitter l'île pour continuer leur apprentissage auprès de leurs maîtres respectifs, dans les villages de Celtie.

Ça doit être pour ça que les grands druides des villages des alentours sont venus à Mona, mais ils ont un air vraiment trop sévère. J'espère que je n'aurai pas à seconder l'un d'eux, quand ce sera mon tour, et qu'on me trouvera quelqu'un de plus amusant, songea la jeune Celtina.

Elle écarta de ses yeux, d'un geste impatient, une longue mèche rousse de la chevelure indomptable qu'elle ne parvenait jamais à contrôler tout à fait.

Puis l'adolescente hasarda un coup d'œil en direction d'Arzhel, un jeune druide à qui était revenu l'honneur de désigner la reine de mai. Son compagnon d'études, âgé de dix-sept ou dix-huit ans, était sérieux et concentré sur la cérémonie et ne répondit pas à son sourire.

Celtina le trouvait très beau dans la lumière feutrée des torches qui jouait dans ses cheveux blonds et lui faisait une auréole de rayons lumineux. Elle ne pouvait s'empêcher de le comparer à Bélénos le brillant, ce dieu jeune et magnifique, comme l'éclat du soleil, dont on célébrait la fête ce jour-là en faisant briller de grands feux au cœur de la nuit en ce premier jour d'été.

Brusquement, Celtina détourna son regard. Elle sentait le poids de deux yeux sur sa nuque. Maève la fixait avec un air de reproche. L'adolescente comprit qu'elle devait se ressaisir et surtout se concentrer sur l'importante cérémonie. Mais elle n'avait qu'une idée en tête, qu'Arzhel lui offre la couronne de fleurs roses d'aubépine de la reine de mai qui ferait d'elle l'épouse du Seigneur de la lande, la déesse de l'été.

Maève était maintenant en train d'allumer un second feu. Padrig et Gildas, deux élèves d'une quinzaine d'années, firent sortir de leur enclos les moutons, les chèvres et l'âne qui composaient leur troupeau et les dirigèrent vers les feux. Les animaux devaient passer entre les deux brasiers, une façon de les purifier et de les protéger des épidémies. Puis, un à un, tous les participants de la fête passèrent eux aussi en sautillant, en chantant, en s'interpellant entre les deux feux dans un joyeux tintamarre. Beltaine ouvrait la saison de la clarté et chassait les rigueurs de l'hiver par la lumière et le bruit.

Au milieu des ténèbres, les torches des élèves scintillaient et décrivaient dans l'air de capricieuses arabesques de feu. Puis les grands druides au bras vigoureux lancèrent au ciel des flambeaux allumés directement dans le brasier. En s'élevant en même temps et en retombant, ils secouaient une grêle d'escarbilles enflammées et grésillantes qui faisaient comme une pluie d'étoiles.

C'est alors que le soleil pointa lentement à l'horizon en direction est et qu'une importante clameur monta des gorges de tous les druides réunis à Mona pour saluer le retour de l'astre régénérateur.

Celtina chercha Arzhel du regard. C'était le moment qu'elle attendait avec tellement d'impatience : le couronnement de la reine de mai. Le jeune druide était à une dizaine de pas sur sa gauche ; elle alla à sa rencontre, un sourire éclatant aux lèvres. Arzhel tenait la couronne entre ses deux mains ; il la monta à ses yeux et se mit en marche en direction de Celtina. La jeune élève baissa la tête, prête à recevoir la couronne. Mais Arzhel la dépassa sans même la regarder et s'arrêta devant Solenn, une prêtresse de dix-huit ans qui devait quitter l'île après cette cérémonie. Le cœur de Celtina s'arrêta de battre pendant une fraction de seconde ; elle crut qu'elle allait s'évanouir de honte. Le rouge lui monta aux joues et ses yeux se remplirent de larmes.

– Solenn, le Seigneur de la lande t'a choisie pour épouse. Il place l'avenir de nos récoltes, de nos troupeaux et des nouveau-nés de toute la Celtie sous ta protection. Montre-toi digne de cet honneur et protège-nous durant toute l'année qui commence.

– J'accepte avec joie ce grand honneur, puissant Seigneur, toi qui as choisi Arzhel pour parler en ton nom, déclama Solenn, le regard tourné vers l'horizon, là où s'étendaient les pâturages, les champs, les forêts, les sources, les rivières et les villages du peuple celte.

L'odeur d'amande âcre se dégageant des fleurs d'aubépine parvint aux narines de Celtina et se déposa sur son âme, amère d'avoir été ignorée. Les larmes glissaient doucement sur ses pommettes, et son visage avait pris la couleur pâle de sa tunique.

Maève s'était aperçue de la grande tristesse de son élève et s'approcha d'elle.

– Ne pleure pas, ma fille. Tu es beaucoup trop jeune pour épouser le Seigneur de la lande. À partir de maintenant, Solenn devra se montrer d'une fidélité conjugale à toute épreuve et d'une pureté impénétrable… ce n'est pas un rôle facile à tenir. Pour toi, les dieux ont choisi un autre destin…

Les mots énigmatiques de Maève eurent le bonheur de tirer Celtina de son chagrin.

– Qu'est-ce que les dieux me réservent, mère ?

– Seuls les dieux ont le pouvoir de guider tes pas sur la voie qu'ils ont choisie pour toi, répliqua Maève, toujours sur un ton mystérieux.

Celtina esquissa une petite moue de déception. Elle songea que Maève tentait simplement d'adoucir sa peine. Il était évident que les dieux décideraient de la vie de chacun d'eux. Il ne pouvait en être autrement, c'était ainsi depuis la nuit des temps.

Constatant le désappointement de l'adolescente, Maève ne put se retenir d'ajouter très bas:

– Dans la forêt, j'ai trouvé les bois* que Cernunos, le cerf blanc, a perdus durant l'hiver. En interprétant les signes de son velours, j'en ai déduit que des actes de grande bravoure seraient bientôt exigés de vous tous, mais particulièrement de toi et d'Arzhel.

Celtina releva la tête, abasourdie. Maève n'avait pas le droit de divulguer les intentions des dieux en dehors des cérémonies sacrées; elle prenait un risque énorme en lui faisant cette confidence.

– Arzhel et toi devez être prêts à relever le défi que les dieux vont vous lancer. Écarte l'envie et la rancœur de ton cœur, Celtina, et laisse-le libre de tout sentiment négatif pour que Dagda, notre père, puisse pénétrer ton esprit et parler par ton souffle.

– Mère, vous avez enfreint l'interdit, la geis* des druides, pour me dévoiler ce secret. N'avez-vous pas peur des dieux? s'exclama Celtina, inquiète pour la grande prêtresse.

Maève eut un sourire désabusé; elle ne pouvait pas tout dire à sa jeune protégée. Cette dernière devrait en découvrir beaucoup par elle-même et, surtout, si la geis ne s'appliquait jamais aux druides, elle était contraignante pour les prêtresses. De plus, Maève en savait beaucoup plus sur la destinée de ses jeunes apprentis qu'elle ne le disait. Et c'était justement à cause de ce qu'elle avait appris, en lisant les augures* végétaux et animaux, que violer la geis n'avait plus guère d'importance à ses yeux. Mais, cela, elle ne l'expliqua pas à Celtina. L'adolescente devrait se mesurer aux forces de la Nature et du Mal avant d'être en mesure de comprendre.

– N'aie crainte, ma fille! J'ai pu te parler avec la permission de Cernunos, dit-elle pour apaiser Celtina. Va rejoindre tes compagnons et amusez-vous! Beltaine est une célébration lumineuse et joyeuse, ne laisse pas la peine te gâcher la fête.

La journée passa rapidement. Les élèves avaient congé d'apprentissage et s'amusaient à s'affronter dans des jeux d'adresse, des courses à pied, des sauts en longueur, et en confectionnant des couronnes et des paniers tressés que les grands druides jugeraient en début de soirée, de façon à désigner l'apprenti druide le plus adroit de cette journée de réjouissances.

Ce fut Tifenn, une jeune fille de douze ans particulièrement habile de ses mains et qui connaissait déjà par cœur les secrets des plantes, qui l'emporta sur tous les autres. Ses couronnes étaient de pures merveilles; elle en coiffa d'ailleurs ses compagnes. Quant à ses paniers, les grands druides furent bien heureux de les utiliser pour y déposer les potions et les remèdes que Maève leur remit en cadeau pour les remercier de leur visite à Mona.

Mais, déjà, la journée se terminait. Deux prêtresses, Solenn et Benedig, et deux druides, les jumeaux Yoan et Élouan, avaient préparé leurs affaires; ils quittaient la communauté de Mona pour rejoindre les villages celtes où ils termineraient leur apprentissage, sous la tutelle d'un grand druide ou d'une prophétesse d'expérience. Les adieux furent à la fois tristes et joyeux. On se réjouissait de voir de nouveaux druides et prêtresses prêts à poursuivre leur voie et à faire vivre les anciennes traditions, mais on pleurait les amis qui s'en allaient.

Quatre mois plus tard

Un croassement lugubre déchira l'air de septembre. Celtina leva les yeux au ciel. Une plume noire d'ébène voltigea; la corneille poursuivit son chemin.

– La déesse des Champs de bataille! Qu'est-ce que Morrigane peut bien faire ici? murmura la jeune fille.

Malgré son inquiétude, elle poursuivit sa cueillette de plantes médicinales pendant quelques minutes encore. Mais sa tranquillité était rompue. L'étudiante ressentait un sentiment diffus, étrange, une angoisse venue d'on ne sait où. Elle huma l'air ; une odeur de soufre emplit ses narines. Un incendie faisait rage quelque part de l'autre côté de la rivière. Celtina ramassa rapidement le tissu de lin où elle avait déposé ses simples* et se hâta de regagner la Maison des Connaissances.

Elle débloula en haletant dans le cercle de pierres qui dressait un champ de protection autour de l'école et des cabanes d'habitation. La jeune prêtresse constata aussitôt l'émoi sur le visage de ses amis. C'était le rassemblement général devant la longue bâtisse de bois où une douzaine de filles et de garçons de tous âges et issus de tous les milieux avaient entrepris leurs études en druidisme. Morrigane, la corneille, était maintenant posée sur l'épaule gauche de Maève, mère de leur communauté.

L'augure se pencha sur l'oreille de la grande prêtresse, mêlant ses plumes à la chevelure de jais. Personne ne put entendre ses propos, mais l'heure semblait grave. Tous retinrent leur souffle.

Puis, dans un battement d'ailes fébrile, l'oiseau s'envola, dessina deux ou trois cercles au-dessus de leurs têtes et s'éloigna en poussant son sinistre cri.

Maève affichait un visage solennel. Elle plongea la main droite dans son aube de lin blanc et en retira une douzaine de bagues serties de pierres précieuses. Sans un mot, elle procéda à la distribution. Celtina examina son présent : une turquoise, symbole de la régénérescence du corps, un puissant talisman contre le Mal. Elle enfila l'anneau.

– Mes enfants, commença Maève d'une voix douce, mais où perçait une pointe d'autorité, les temps mauvais sont venus. Vous devrez parfaire vos études loin de Mona...

Un murmure de réprobation ondula parmi le groupe des élèves.

– Mère, que vous a dit la déesse des Champs de bataille ? Est-ce la guerre ? questionna Celtina.

Elle replaça une mèche de ses cheveux roux qui s'échappait de sa couronne de fleurs des champs.

– Notre peuple court un grave danger ! répondit Maève. Des armées de soudards* venues du sud déchirent nos terres, brûlent nos foyers, massacrent nos parents et nos amis, et menacent maintenant notre sanctuaire*.

Arzhel s'enflamma aussitôt :

– Nous défendrons Mona au péril de notre vie s'il le faut.

– Non, personne ne se battra à Mona, c'est un lieu sacré, objecta la prêtresse. Il faut fuir loin d'ici et préserver notre religion et nos croyances. Chacun d'entre vous est le détenteur d'un secret qui ne doit pas tomber entre les mains des impies*. Votre but est de rallier Avalon, l'île aux Pommes, et d'y emmener ce secret qui doit à tout prix être préservé.

Les élèves se regardèrent. Quelques semaines plus tôt, Maève les avait pris à part, un à un, et leur avait confié l'un des vers d'or du poème sacré qui résumait la philosophie des druides de Mona. Celtina avait longuement médité sa phrase sans bien la comprendre, mais elle ne désespérait pas d'y parvenir avant d'arriver à Avalon: «Trois choses vont en croissant: le Feu ou Lumière, l'Intelligence ou Vérité, l'Âme ou Vie; elles prendront le pas sur toute chose.»

— Mais, mère…, s'inquiéta Arzhel, ce qui sortit Celtina de sa réflexion, s'il arrive quoi que ce soit à l'un ou même à plusieurs d'entre nous, comment pourrons-nous restaurer la Terre des Promesses si toutes les phrases d'or ne parviennent pas à destination?

— Tout est prévu. Un jour, l'un d'entre vous détiendra tous les secrets. Au fur et à mesure de son cheminement dans la vie, il grandira en puissance.

— Est-ce moi? demanda encore Arzhel, avec une lueur de convoitise dans les yeux.

Le jeune homme était celui qui avait cumulé le plus de connaissances et de pouvoirs à ce jour;

il étudiait à Mona depuis près de douze ans déjà et était le plus compétent de tous. Il connaissait de nombreux poèmes et savait les interpréter correctement.

– Je ne sais pas, Arzhel. Malgré toute ma science et ma vision des événements futurs, les pouvoirs que vous possédez déjà m'empêchent d'interroger votre avenir! Seules les aventures que vivra cet élève, sa force, son courage, sa volonté, mais aussi sa sagesse et sa capacité d'apprendre formeront sa personnalité. Tout cela lui permettra de s'élever au plus haut degré du druidisme, celui que peu d'entre nous peuvent atteindre.

– Plus haut que vous! s'étonna Celtina en écarquillant les yeux, ce qui mit en valeur son regard vert céladon*, pailleté d'or.

Maève esquissa un pâle sourire.

– Oui, plus haut que moi! Maintenant, il faut rentrer dans vos familles. Grâce à la pierre que je vous ai remise, différente pour chacun d'entre vous, vous pourrez acquérir la force et les pouvoirs que votre état druidique justifie… et poursuivre la mission que les dieux voudront bien vous confier. Allez en paix!

La prêtresse rabattit son capuchon sur sa longue chevelure noire et leur tourna le dos. Les questions fusaient, mais elle ne répondit à aucune. Elle disparut dans un tourbillon de vent qui fit voltiger quelques feuilles aux alentours. Alba, la servante qui prenait soin des élèves depuis leur arrivée à Mona, vint les rejoindre près de la Maison des Connaissances. Elle portait des baluchons qu'elle leur distribua. Des larmes coulaient sur ses joues.

– Voici vos affaires ! Une cape, un peu de nourriture, quelques plantes médicinales, leur dit-elle.

– Mais que pouvons-nous faire avec si peu ? se révolta Arzhel, tandis qu'il soupesait son léger bagage.

– Le reste est déjà en vous, jeune druide, répliqua Alba. Maève vous en a appris suffisamment au cours de toutes ces années pour que chacun d'entre vous puisse se débrouiller.

– C'est vrai, Arzhel. Nous en savons tous assez pour survivre et, même mieux, pour nous battre, ajouta Celtina. Nous sommes arrivés ici beaucoup plus démunis que nous ne le serons en repartant, car nous étions ignorants.

Arzhel baissa les yeux. C'était lui qui était le mieux formé, le plus susceptible de devenir grand druide et il le savait. Toutefois, il devait absolument dompter son impertinence et sa fougue.

Tandis que Celtina ajustait son sac de jute sur son épaule, Jakez, le passeur du bac, apparut au milieu de l'assemblée. Il venait leur demander d'embarquer séance tenante. Cette apparition fit ouvrir des yeux démesurés à Celtina. La jeune fille était figée de peur et devint d'une blancheur cadavérique, car à ses yeux Jakez était devenu un squelette recouvert d'un linceul noir, coiffé d'un chapeau à larges bords, armé d'une faux emmanchée à l'envers et d'un marteau servant à abréger l'agonie des mourants. Sa tête oscillait constamment, en tous sens. Celtina savait que c'était afin qu'il puisse bien voir d'où on l'appelait, lui qui était chargé de recueillir les âmes des moribonds et de les transporter vers les rives de l'au-delà. Elle le reconnut immédiatement : c'était l'Ankou.

– Nous allons mourir, je ne veux pas embarquer dans sa chaloupe. L'Ankou conduit la barque de nuit, il va nous arriver malheur si nous traversons la rivière, hurla la jeune prêtresse.

Maève tourna brusquement la tête. Elle avait compris que Celtina était en proie à une vision, mais la mère de la communauté ne pouvait rien y faire. Chacun des élèves aurait à vivre des expériences personnelles, dont certaines ne seraient pas drôles et pourraient mettre leur santé physique et mentale en danger.

Le cri de Celtina avait jeté la stupeur parmi les jeunes druides et prêtresses. Personne, hormis elle, n'avait vu l'Ankou, et son hurlement avait suspendu le temps. Tous les élèves étaient figés dans leur position, incapables de bouger, comme changés en statues de pierre. Seule Maève, à cause de la puissance de son pouvoir druidique, avait su résister à la présence de la mort.

C'est alors qu'une voix se glissa dans la tête de Celtina. Une voix faible et chevrotante. La jeune fille regarda tout autour d'elle; elle ne pouvait réclamer l'aide de quiconque. Elle constata que l'Ankou la fixait intensément de ses orbites vides et effrayantes. Elle baissa les yeux, car on lui avait toujours dit de ne jamais regarder la mort en face, sous peine d'être envoûtée par son regard glacé.

« N'aie crainte, jeune prêtresse… ton heure n'est pas encore venue, ni celle de tes amis d'ailleurs. Je suis simplement venu te prévenir que jamais tu ne reverras votre sanctuaire. À partir de maintenant, Mona deviendra mon havre de repos sur terre. Quant à toi, tu croiseras souvent la mort et tu devras te montrer très prudente… »

Les paroles de l'Ankou s'insinuèrent en elle comme un frisson glacé. L'adolescente releva craintivement les yeux. L'Ankou avait maintenant disparu et, à sa place, il n'y avait que Jakez, un paysan maigrelet qui grelottait sous la brise.

Le temps avait repris son cours et Celtina constata que pas un seul des élèves ne gardait le souvenir de ce qui venait de se passer. Elle implora Maève du regard et cette dernière lui sourit. C'est alors que Jakez lui toucha le bras du bout de sa rame. Elle sursauta au contact froid du morceau de bois. Il lui indiqua sa barque.

– Pas le temps de faire de longs adieux à Mona ou de vous morfondre sur votre triste sort, lança-t-il en les pressant de se diriger vers la rive.

Celtina avançait lentement; elle ressentait encore sur sa peau la présence glaciale de l'Ankou. Elle avait un énorme poids dans la poitrine, comme si le hideux personnage lui avait pressé le cœur avant de le relâcher.

– Que vas-tu devenir, Alba? s'inquiéta-t-elle en se retournant pour regarder une dernière fois l'endroit où elle avait déjà passé quatre ans de sa vie.

– N'aie aucune crainte, ma douce, la réconforta Alba. Jakez est mon fils. Il reviendra me chercher une fois qu'il vous aura tous déposés sur la terre ferme, en sécurité. C'est convenu. Je dois rester encore un peu pour aider Maève. Nous allons nous assurer que notre Maison des Connaissances ne tombe pas aux mains de nos ennemis.

Celtina secoua la tête. Ainsi, Jakez était le fils d'Alba; elle ne devait donc voir aucun mal de ce côté. Et pourtant, elle ne parvenait pas à oublier sa vision. Elle se demanda si elle n'avait pas trop consommé de champignons au repas de la veille ou si, parmi ceux-ci, il ne s'en était pas glissé un vénéneux qui l'aurait plongée dans cette terrible transe. Elle semblait avoir été la seule à percevoir la présence de l'Ankou. *Sûrement une hallucination due à la tension et à l'urgence de la fuite*, se dit-elle pour se rassurer.

À la queue leu leu, les élèves, inquiets et maladroits, s'installèrent dans la barque qui leur faisait quitter leur île, sans espoir de retour. Alors qu'ils s'éloignaient de la rive, une brume épaisse se leva et une odeur de fumée leur parvint. Ainsi, Maève protégeait leur fuite en levant un brouillard protecteur. Elle brûlait aussi toute trace de leur science en détruisant la Maison des Connaissances qui avait abrité leurs longues années d'apprentissage.

Celtina se demanda ce qu'il allait advenir de Maève. Les dieux allaient-ils la punir pour avoir osé transgresser la geis et lui avoir révélé une infime partie de son destin?

Les pleurs déchirants des plus jeunes d'entre eux lui brisaient le cœur; les plus vieux essuyaient une larme furtive. Alors, Celtina, cédant elle aussi à la crainte de l'avenir, se cramponna à la main d'Arzhel, dans l'espoir que le jeune homme la prenne sous son aile et la protège. Le garçon se tenait debout dans la barque; droit et fier, il ne jeta aucun regard derrière lui.

Chapitre 2

Pendant ce temps, à Barlen, à deux jours de marche de Mona, Gwenfallon s'affairait dans sa forge. Le père de Celtina était un homme trapu, aux longs cheveux blond paille qu'il lavait à l'eau de chaux pour les rougir. Ses lèvres étaient ornées d'une grosse moustache jaune pâle en broussaille. Son travail de forgeron lui avait taillé des biceps d'une grosseur imposante. Cet homme dans la trentaine était une force de la nature. Le torse nu, luisant de sueur, et malgré la chaleur, il cognait et cognait encore le fer. Les étincelles dessinaient un feu d'artifice autour de lui.

Brusquement, le son rauque du carnyx des guetteurs postés à l'orée de la forêt retentit. Le forgeron retint son geste au-dessus de l'enclume pour tendre l'oreille. Une autre corne lui répondit au loin. Gwenfallon poursuivit son travail sans s'inquiéter. Le village était construit sur une colline d'où l'on pouvait surveiller les alentours jusqu'à fort loin. Et, pour l'instant, on ne voyait nul ennemi dans les environs. L'homme songea que les appels devaient être ceux des jeunes guerriers qui s'entraînaient au combat, dans une clairière à quelques lieues de là.

D'ailleurs, leur village était bien caché et surtout admirablement bien protégé. Il regroupait une soixantaine de maisons. Elles étaient solides. Des troncs d'arbres enfoncés dans la terre et des poutres de bois entre-croisées en formaient la charpente. Les murs étaient constitués d'argile pétrie mêlée à de la paille hachée. Le toit en chaume était renforcé de mottes d'argile et de végétation où les marguerites, les iris et les orchidées sauvages poussaient comme herbes folles.

Gwenfallon releva encore la tête et regarda sa maison. Du trou dans le toit montait la fumée de l'âtre. Sa femme, Banshee, était sûrement en train de préparer un bon bouilli de porc.

Le regard bleu acier du forgeron s'attarda sur chaque maison. Elles étaient toutes entou-rées d'un petit jardinet clôturé d'épine noire et de chèvrefeuille. On y faisait pousser quelques légumes, notamment des carottes et des navets. Quant au village lui-même, il était ceint d'une longue palissade plantée à mi-côte de la colline où trônaient les habitations. La palissade n'était percée que d'un seul passage qui se fermait par une solide porte de bois, barrée d'une longue poutrelle de chêne. La nuit, des molosses aux crocs acérés montaient la garde. Mais les cochons à moitié sauvages faisaient aussi d'excellents systèmes d'alarme.

Tout autour du village s'étendaient les champs cultivés de seigle, d'avoine, de froment, de millet. Les cultures étaient pour leur part cernées de profondes forêts de chênes, de hêtres, de bouleaux, de sapins que le soleil n'arrivait même pas à pénétrer.

L'emplacement de l'oppidum avait été parfaitement choisi. Depuis vingt ans, le Clan du Héron y vivait relativement en paix. Quelques tribus ennemies essayaient parfois de l'attaquer, mais jusqu'à maintenant le Clan du Héron avait toujours remporté la victoire sur ses adversaires. D'ailleurs, les nombreux crânes qui ornaient la façade de la maison du chef Argantius en témoignaient.

Donc, Gwenfallon n'était pas trop inquiet, malgré les rumeurs qui se répandaient dans la campagne depuis plusieurs semaines. Selon les druides et les guerriers, une importante troupe de soldats romains avançait vers leur région, rasant tout sur son passage et capturant les populations pour en faire des esclaves. Mais le Clan du Héron se croyait à l'abri.

Toutefois, Argantius était un chef prévoyant. Il avait commandé de nouveaux javelots, des glaives, des lances, des casques et des boucliers à son forgeron. Gwenfallon peinait à forger épées, pointes de flèches et lances. Mais il redoublait d'ardeur à l'ouvrage avec patience et courage. Il travaillait depuis plusieurs jours déjà et il avait réussi à constituer une bonne réserve d'armes.

Mais, cet après-midi-là, le cor de bronze résonna encore plusieurs fois. Ce qui finit par alarmer Argantius. Le chef réunit une troupe de guerriers, ne laissant qu'une douzaine de jeunes défenseurs pour protéger le village. Il recommanda à ces derniers de bien fermer la porte de la palissade après le départ de sa petite armée. Argantius prévoyait se rendre dans les quatre ou cinq villages qui étaient placés sous son autorité, à quelques lieues de là, pour réunir le plus d'hommes possible.

Le temps passa. Au village, l'inquiétude montait au fur et à mesure que le soleil descendait à l'horizon. Puis, brusquement, le carnyx d'un guetteur posté à la palissade se fit pressant. Des Celtes échevelés et blessés revenaient se mettre à l'abri de l'enceinte de pieux de bois. La stupeur figea le Clan du Héron. Comment était-il possible que les guerriers d'Argantius rentrent ainsi, en désordre, blessés à mort? Ils avaient les yeux hagards, le corps lardé de coups de glaive, le bouclier fendu, et la plume de héron ornant leur casque pendait lamentablement. Et Verromensis, le druide du village, qui était absent depuis plusieurs semaines! Que fallait-il faire? Tout le village était désorienté. Surtout que les nouvelles étaient catastrophiques: le vaillant Argantius avait péri sous les javelines* de ces barbares venus du sud.

Gwenfallon décida alors de prendre le commandement. En tant que forgeron, il jouissait d'un statut élevé dans le clan. Il plaça les soldats restés sur place à la palissade et demanda à tous les hommes de se tenir derrière eux, prêts à les seconder. Lui-même, il retourna à sa forge et redoubla d'effort pour préparer de nouvelles pointes de lances.

Tout autour du village, la forêt renvoyait maintenant l'écho des combats et les appels des cornes de buffle. Sortant en trombe de sa maison, Banshee attrapa Caradoc, son fils de quatre ans, qui s'amusait devant la cabane à modeler des animaux de boue.

Banshee avait environ trente ans. Elle arborait une volumineuse chevelure rousse et rebelle, une parure qu'elle avait transmise à sa fille Celtina et à son fils Caradoc. Elle n'était pas originaire du Clan du Héron. Gwenfallon l'avait rencontrée dans la forêt, aux abords d'une source claire. Nul ne savait d'où venait vraiment Banshee. Des rumeurs lui attribuaient des ancêtres féeriques. Quand elle entendait de tels propos, la mère de Celtina se contentait de sourire, sans jamais rien dévoiler de ses origines. À Barlen, on s'était habitué à sa présence et à sa peau pâle, presque transparente, à ses grands yeux verts comme la mer, à la finesse de sa taille.

Une fois enfermée dans son habitation, Banshee s'empressa de décrocher tous les objets de valeur qui ornaient ses murs. Elle plaça les hanaps* et les plats d'or décorés de pierreries dans un grand coffre de chêne, par-dessus lesquels elle jeta les saies*, ces carrés de tissu aux couleurs vives dont elle aimait se couvrir les épaules. Torques*, bracelets, fibules*, étoffes de lin ou de laine que son mari lui avait offerts furent rapidement mis en lieu sûr, dans le coffre.

Quelques minutes plus tard, les premiers soldats romains apparurent au pied de la palissade. Ils poursuivaient une demi-douzaine de jeunes combattants au torse nu, strié de bleu, qui les menèrent directement au village.

Rapidement, des cris et des appels montèrent de l'enceinte de défense. Les artisans et les quelques guerriers restés en arrière pour protéger Barlen se postèrent derrière la haute clôture, résolus à défendre chèrement leurs familles. D'autres se hâtèrent de refermer la lourde porte de bois derrière les adolescents celtes qui revenaient du champ de bataille avec la peur au ventre.

Les jeunes guerriers racontèrent qu'Argantius et ses hommes avaient été massacrés sans pitié. Les Romains étaient une bonne centaine et avançaient rapidement, en ordre de bataille. Les casques luisaient au soleil, le bruit des cuirasses résonnait, le martèlement des pas faisait trembler la terre. Jamais les combattants de Barlen n'avaient vu une horde* si disciplinée et si bien entraînée. C'était terrible !

Les adolescents avaient à peine eu le temps de témoigner leur crainte que déjà les Romains se pressaient devant la palissade. Contrairement à tous les usages, le centurion* qui commandait la troupe n'essaya même pas de parlementer avec les défenseurs de Barlen. Il ordonna l'assaut. Aussitôt, les javelots romains partirent comme une nuée de dards en direction des pieux de bois. Plusieurs Celtes s'écroulèrent. Sans laisser le temps aux villageois de reformer leurs rangs, les Romains lancèrent une seconde charge, encore plus meurtrière. À cet instant, même une oreille exercée n'aurait pu distinguer les clameurs des Celtes des hurlements des Romains. Le vacarme était amplifié par les pleurs des femmes et des enfants retranchés dans le village, le piaffement des chevaux dans les écuries, le grognement des cochons lorsqu'un jet égaré les blessait mortellement dans la cour où ils se promenaient en liberté. Au sommet de l'enceinte, il ne resta bientôt qu'une douzaine d'hommes valides et quelques blessés.

Alors, les Romains enflammèrent des torches ; le centurion commanda à ses hommes de les précipiter contre la palissade et, par-dessus, en direction des habitations. Les toitures de branchages ne tardèrent pas à s'embraser. L'odeur de paille brûlée et la fumée âcre firent suffoquer les Celtes. La résistance diminuait ;

ce n'était qu'une question de minutes avant que les soldats ne pénètrent dans la place.

Depuis le début de l'attaque, Gwenfallon avait délaissé sa forge pour se diriger vers l'entrée, là où quatre ou cinq solides gaillards comme lui tentaient d'empêcher la porte de s'affaisser sous les coups assénés par les soldats romains.

Banshee et Caradoc se terraient, serrés l'un contre l'autre, derrière l'abreuvoir des cochons, non loin de leur maison qui flambait. En levant les yeux pour essayer de deviner d'où viendrait la prochaine torche, Banshee remarqua le ballet macabre de trois corneilles dans le ciel ; une supplique lui monta aux lèvres :

– Banba… déesse des Combats, éloigne ces barbares, protège notre village et nos enfants !

Les corneilles tournèrent encore quelques minutes au-dessus de Barlen, puis s'éloignèrent en craillant. À quelques pas de la porte, les guerriers mêlaient leurs cris au bruit des boucliers, les épées sifflaient, les cuirasses craquaient et les javelots bruissaient dans l'air. Accroché à sa mère, Caradoc se mit à sangloter ; c'était la fin.

Les Romains forcèrent la porte et s'engouffrèrent en hurlant dans l'oppidum* où il ne restait que des femmes et des enfants apeurés, quelques artisans tremblants et une poignée de combattants blessés. Rapidement, les armes furent déposées. Alors, le centurion fit regrouper tout le monde au centre du village, devant quelques masures qui achevaient de se consumer.

Plusieurs soldats romains se précipitèrent dans les maisons pour les piller. Ils savaient que les Celtes avaient de splendides boucliers et casques, mais aussi des torques, des boucles d'oreilles, des bracelets d'or et d'argent, des statuettes, des chaudrons, ainsi que des pierres précieuses, de l'ambre et des perles.

– Les combattants à droite, les autres à gauche, cria le centurion, tandis que des soldats s'affairaient à séparer les uns des autres à coups de pied ou à la pointe du javelot.

Une quinzaine de guerriers celtes furent mis à l'écart des autres villageois. Ils étaient très jeunes, moins de vingt ans pour la plupart. Ils furent immédiatement enchaînés et traînés hors du village. Ceux qui étaient trop blessés furent achevés sur place, sans aucune pitié.

Le centurion se promena ensuite entre les rangs formés par les habitants de Barlen, les poussant sans ménagement. Il s'arrêtait parfois pour examiner une femme, tâter les muscles d'un artisan, relever un enfant pour en évaluer la force. Arrivé devant Gwenfallon, Banshee et Caradoc, il hocha la tête.

– Celui-là est costaud comme un bœuf, lança-t-il à ses hommes. Il donnera un excellent spectacle dans les arènes de César.

Aussitôt, trois soldats s'emparèrent de Gwenfallon, lui passèrent des chaînes et tentèrent de l'entraîner vers l'arrière de la cohorte*. Mais Banshee réagit promptement. Elle se précipita vers son mari, lui enlaçant les jambes pour le retenir, s'accrochant à ses braies*.

– Andrasta, déesse de la Révolte, aide-nous! Que tes armées se lèvent... que ton nom nous redonne courage, cria-t-elle, se laissant traîner à la suite de Gwenfallon que les soldats emmenaient.

– Femme, ne fais pas appel à ta déesse! Ça ne sert à rien, cracha alors le centurion. Vos dieux et vos déesses vous ont abandonnés. Et ils ne nous effraient pas.

Quelques soldats éclatèrent de rire et s'amusèrent à renverser à coups de pied l'autel de pierre situé près de la forge et où Verromensis procédait aux sacrifices, lorsque les temps étaient difficiles pour Barlen.

– Où es-tu donc, Verromensis? implora tout bas Banshee, espérant que son appel serait ressenti par le druide où qu'il se trouvât et qu'il leur viendrait rapidement en aide, grâce à sa magie et à ses charmes.

Mais les soldats arrachèrent Banshee à Gwenfallon et la repoussèrent violemment au sol. Caradoc se jeta sur elle. La poussière faisait pleurer les yeux de l'enfant tout autant que sa peur, sa haine et sa rage.

– Que l'on enferme les femmes et les enfants dans les chariots. On devrait en tirer un bon prix chez les Grecs de Massalia, ordonna le centurion. Emmenez les chevaux et les porcs. Brûlez tout le reste, que ce village ne soit plus qu'un souvenir !

Tandis que les chariots, les prisonniers et les soldats s'éloignaient de Barlen, de hautes flammes rouges illuminaient le ciel sombre de cette fin d'après-midi.

Le soleil se couchait aussi, en bordure de la forêt, face à Mona. La brume avait enveloppé l'île de son grand manteau d'invisibilité. Les apprentis druides tenaient un dernier conseil, au pied d'un vénérable chêne. Son imposante frondaison leur assurait un abri contre la fine pluie qui menaçait. Les étudiants répugnaient à se quitter. En tant qu'aîné de leur petite communauté, Arzhel prit la parole :

– Nous devons nous séparer maintenant, et vite regagner nos villages. Comme vous pouvez tous le constater, même les animaux de la forêt font silence. C'est la preuve que quelque chose de grave se passe. Nous devons nous hâter de rentrer chez nous.

– Maève nous a dit de nous rendre à Avalon ! intervint Gildas qui croisa ses bras sur sa poitrine, bien décidé à ne plus bouger.

– Bien sûr, c'est là que nous nous retrouverons ! Mais il nous faut plus de puissance, sinon le chemin d'Avalon restera éternellement caché ! expliqua Celtina. Nous devons accroître nos pouvoirs…

– Ah oui, et comment ? s'exclama Tifenn, d'un ton où perçait un soupçon de découragement.

– Les dieux se chargeront de notre éducation. Nous n'avons qu'à observer la nature, les éléments, et nous servir des bases que nous avons apprises à Mona, répliqua Arzhel. Allez, séparons-nous maintenant !

Sans plus s'occuper des autres, le jeune homme ramassa son baluchon et s'éloigna. Les aspirants druides échangèrent des regards effarés, ne sachant que faire, ni vers où se diriger. Après quelques secondes d'hésitation, des duos et des trios se formèrent, notamment pour guider les plus jeunes. Tifenn et Gildas partirent chacun de leur côté. Celtina s'élança sur les talons d'Arzhel.

– Mon village est par là aussi, lui dit-elle en ajustant la vitesse de son pas à celle du garçon.

– Je sais. Je te laisserai chez toi et je continuerai ensuite mon chemin.

Pour s'orienter dans la forêt, les jeunes druides se fiaient autant à leur instinct qu'à leurs connaissances. La première nuit, la plupart d'entre eux observèrent les étoiles pour tracer leur route, avant de s'endormir, à l'abri d'une grotte, dans une fourche formée par les branches d'un arbre, ou simplement à même le sol, sur un tapis de mousse.

Celtina et Arzhel marchèrent longtemps, en silence. La nuit tombait très vite et les arbres dessinaient des silhouettes menaçantes au clair de lune. En cette fin d'été, la température était aussi plus fraîche. L'adolescente réprima un frisson. Avait-elle froid ou avait-elle peur? Un peu des deux à la fois, s'avoua-t-elle. Mais le plus inquiétant était cette absence de bruits d'animaux. Pas de frôlement, pas de craquement, pas de piaillement.

Les deux druides ignoraient qu'ils s'étaient engagés dans le Val d'Orgueil, le domaine de la Dame blanche qu'on appelait aussi Macha la noire à cause de sa chevelure de jais et de sa cape sombre. La sorcière avait confié aux Anaon, les esprits des bois, le soin de défendre sa demeure. Depuis que les jeunes gens avaient débarqué du bac de Jakez, une armée de spectres surveillait le moindre de leurs pas.

Celtina sursauta; elle avait senti un souffle glacial sur sa nuque. Elle s'arrêta et se retourna vivement. Rien.

– Arzhel, je sens une présence ici! Quelque chose de maléfique…

– Ne dis pas de bêtises. Dépêche-toi, la nuit tombe rapidement. Nous devons trouver un abri, répliqua le garçon en accélérant le pas.

Après une trentaine de minutes de marche, Arzhel découvrit enfin une grotte.

– Ici, nous serons à l'abri. La pluie risque de tomber plus fort cette nuit.

Et sans attendre l'avis de sa compagne, il pénétra dans la caverne. Aussitôt, il étendit sa cape sur le sol et s'assit dessus. Il ouvrit son sac de jute, en tira un petit pain à la farine de châtaigne qu'il dévora. Celtina s'installa à ses côtés sur sa propre cape. Elle aussi se dépêcha de calmer les gargouillis de son estomac. Néanmoins, elle se sentait mal à l'aise et jetait de fréquents coups d'œil par-dessus son épaule. Mais la fatigue eut raison de ses appréhensions et, imitant son compagnon, elle finit par s'assoupir.

Toutefois, son sommeil était agité et entre-coupé de nombreux réveils en sursaut. Elle éprouvait d'étranges sensations, comme si une main glacée tentait de lui arracher le cœur. L'Ankou était-il de retour?

Celtina se réveilla une fois de plus. Consta-tant qu'Arzhel dormait à poings fermés, elle inspecta des yeux la pénombre, avant de se rapprocher du garçon pour tenter de profiter de sa chaleur.

À peine avait-elle replongé dans la somnolence que le rêve revint, la laissant encore épuisée, apeurée, en sueur. Était-ce un pressentiment ou une hallucination? Elle voyait des formes transparentes l'entourer, tenter de la saisir avec leurs longs doigts de glace. Il s'agissait d'êtres vaporeux, longs et minces comme des fils, aux traits déformés et menaçants. Encore une fois, Celtina se secoua, puis se réveilla complètement, mal à l'aise. Les apparitions avaient disparu.

En sortant la tête de son abri, la jeune fille constata que le soleil perçait à peine à travers les branches chargées de feuilles. L'astre du jour dessinait un léger trait de lumière vers les profondeurs de la forêt. Le jour n'était pas tout à fait levé. Celtina tendit l'oreille. Toujours aucun bruit. Ni frôlements de mammifères ni sifflements d'oiseaux. C'était anormal. Elle eut la chair de poule. Retournant dans la grotte, elle ramassa sa longue cape pourpre qui lui avait servi de couche et la jeta sur ses épaules. Arzhel dormait toujours profondément.

La soif autant que la crainte ayant asséché sa gorge, Celtina sortit à la recherche d'une source ou d'un ruisseau. À moins de cinq minutes de marche de son abri, elle trouva une mare ; l'eau y semblait claire. Elle s'accroupit et, écartant quelques nénuphars, prit un peu de liquide dans le creux de ses mains pour se rafraîchir le visage. Elle but goulûment. Mais un effleurement sur ses cheveux la fit bondir en arrière. Elle regarda de tous côtés ; rien ne bougeait. Même les herbes au bord de l'eau semblaient être figées.

Soudain, comme s'ils obéissaient à un commandement silencieux, les arbres semblèrent abaisser leurs branches pour l'enserrer entre leurs doigts noueux. Un craquement sinistre déchira le silence de la forêt. La jeune fille sursauta. Aussitôt, elle se trouva encerclée par une multitude de fantômes transparents. Des longs bras squelettiques cherchaient à la faire chuter, à s'emparer d'elle, à la pousser dans la mare. D'autres, telles des lianes, tentaient d'entraver ses chevilles. Une horrible odeur de putréfaction la saisit aux narines.

Épouvantée, Celtina s'adossa à un rocher pour éviter d'être prise à revers. Elle fouilla rapidement la poche de son aube pour retrouver la bague donnée par Maève. Sa turquoise était sa seule protection contre le Mal. Elle l'avait retirée de son doigt durant la traversée de la rivière, de peur de l'y laisser tomber. Elle n'avait pas songé à la remettre une fois parvenue à terre. Malheureusement, la prêtresse tremblait tellement qu'elle fit tomber la bague à ses pieds. Les forces se déchaînèrent alors pour l'empêcher de la ramasser. Elle se sentit poussée, frappée, ballottée, incapable d'agir de sa propre volonté. Pas un son n'émanait de ses lèvres. Et pourtant, la peur lui nouait le ventre. Elle était incapable d'appeler Arzhel à son secours, comme si tous ses cris se bloquaient dans sa gorge.

Vaincue par la peur et les Anaon, Celtina tomba sur ses genoux, la tête baissée, la nuque offerte au Mal. Fermant les yeux dans l'attente du coup final, elle se retira en elle-même, comme on le lui avait enseigné dans la Maison des Connaissances. Heureusement, elle avait aussi appris à faire le vide dans son esprit et à invoquer les pouvoirs de son totem, le chien. Elle tenta le tout pour le tout.

Dans les croyances celtiques, le chien était associé au monde des guerriers pour son courage et sa loyauté. Après quelques secondes de méditation, Celtina bondit sur ses pieds. Elle s'était transformée en un redoutable canidé aux crocs menaçants. Comme la plupart des êtres féeriques, c'était un chien blanc aux oreilles rouges, une façon de symboliser son appartenance au monde des morts.

– Âmes perdues, me reconnaissez-vous? commença la prêtresse d'une voix rauque, en se dressant face aux spectres. Je suis le chien blanc d'Arawn avec qui j'arpente la forêt enchantée. Ma mission est d'escorter les âmes jusqu'à l'Autre Monde. Vous n'êtes pas à votre place parmi les vivants, regagnez le Síd où Arawn vous attend pour vous offrir une vie de félicité.

Pendant quelques minutes, les esprits continuèrent de former un cercle autour du chien blanc, évitant ses crocs acérés, tout en cherchant à lui déchirer les entrailles à coups de griffe. Le chien gronda plus fort; Celtina répéta son incantation. Alors, progressivement, les formes s'estompèrent, profitant d'un souffle de vent pour disparaître. Peu à peu, les arbres retrouvèrent leur position verticale, les branches vaillamment dardées vers le ciel et les racines solidement plantées dans le sol. La vapeur nauséabonde qui avait entouré la mare se dissipa.

Après le départ des Anaon, Celtina attendit quelques secondes avant de reprendre sa forme humaine. Elle devait mobiliser toutes ses forces pour redevenir elle-même, mais elle était exténuée. Le souffle court, elle tenta de calmer les battements fous de son cœur. C'était la première fois qu'elle faisait appel à son totem pour se défendre, même si elle s'y était longuement exercée à Mona. Elle se rappela que l'attribut d'Arzhel, comme l'indiquait la racine de son prénom, «arz», était l'ours, un être rusé, d'une force terrifiante. L'ours était le symbole de l'autorité.

Puis Celtina se pencha de nouveau sur la mare pour se désaltérer, car le combat contre les forces du Mal avait épuisé son énergie.

Retranchée dans son antre où elle s'adonnait à la sorcellerie, le visage de Macha, la redoutable magicienne, fut déformé par une grimace de colère. Son repaire était installé dans la fente verticale d'une falaise rocheuse d'où elle avait une vue imprenable sur tout le

Val d'Orgueil. De là, elle avait surveillé les faits et gestes de son armée de spectres qu'elle avait lancée contre les deux jeunes élèves de Mona.

Macha pouvait prendre de multiples visages. Elle était tantôt une jeune femme d'une très grande beauté, tantôt une vieille femme hideuse, au rire rempli de haine. Elle avait la peau d'une blancheur spectrale et les lèvres rouge sang. Elle aimait s'envelopper d'une immense cape noire confectionnée en plumes de corbeau. Foncièrement méchante, Macha était capable d'inspirer la panique aux guerriers les plus valeureux. Elle pouvait aussi s'emparer de leur âme et les rendre fous. Celtina avait eu beaucoup de chance.

– Je la croyais moins forte que le garçon. C'est elle que j'aurais dû plonger dans le sommeil druidique et lui qui aurait dû affronter mes fidèles gardiens, gronda la terrible sorcière, avec un éclat surnaturel au fond de ses yeux noirs. C'est bon, passez votre chemin. Vous avez gagné, pour cette fois…

Inconsciente de sa victoire sur la grande prêtresse de la destruction, Celtina ramassa sa bague, l'enfila et se précipita vers la grotte où Arzhel dormait encore. Elle le secoua vivement pour lui indiquer qu'il était l'heure de poursuivre leur route.

Après avoir récolté quelques baies sur des arbustes fruitiers, et bu un peu d'eau à la mare, les deux compagnons s'éloignèrent du Val d'Orgueil. Celtina ne raconta rien de sa rencontre avec les gardiens de la Dame blanche parce qu'il y avait des expériences qu'il fallait savoir garder pour soi, ainsi que le lui avait dit un jour Maève.

Chapitre 3

Après un jour et une nuit de marche, Celtina et Arzhel arrivèrent aux abords de Barlen. Le soleil se levait lentement, mais sa lumière ne perçait pas encore totalement le feuillage roussi de l'automne. L'orée de la forêt semblait étrangement calme. La prêtresse savait que les jeunes guerriers de son village avaient l'habitude de venir s'entraîner au combat, tôt le matin, dans une clairière à deux pas de là. Elle tendit l'oreille. Aucun bruit de glaive ni de cuirasse, pas d'appel de cor, pas d'injures ni de plaintes.

– Il se passe quelque chose d'étrange, murmura-t-elle. Pourquoi n'entend-on pas les clameurs des guerriers, les rires des enfants, les chants des cultivateurs, les discussions des femmes au lavoir de la rivière, les cris des cochons et les cocoricos des coqs?

Arzhel ne répondit rien; il ne savait que dire. Pour lui aussi, ce silence n'était pas un bon présage. Il attrapa Celtina par la main au moment où elle voulait s'élancer à découvert vers la palissade qu'ils apercevaient maintenant entre l'entrelacement des branches.

– Soyons prudents! Le silence peut être trompeur. Des ennemis peuvent nous tendre un piège.

Se glissant d'arbre en arbre, d'amas de paille en amas de paille, ils parvinrent à l'enceinte de pieux dressés. La porte était défoncée; les poteaux, calcinés… Ils se faufilèrent derrière la palissade et se mirent à gravir la colline vers le village. Leur pouls s'était accéléré, le sang battait à leurs tempes, ils avaient l'estomac noué, les lèvres sèches… La peur coulait dans leurs veines et, pourtant, ils se dépêchaient de franchir les dernières mottes de terre qui les séparaient de Barlen.

Celtina, la première, se figea en apercevant la maison en cendres. De ce qui avait été la demeure princière du chef Argantius, il ne restait que ruines tièdes. Des larmes remplirent ses yeux. Elle tourna la tête vers la forge de son père, ne vit que l'enclume sur son socle de pierre. Son regard incrédule se posait sur des amas de charbon; elle comprit que, de la maison de son enfance, il ne restait rien. Alors, un immense cri, puissant et déchirant, sortit de sa gorge. La jeune fille tomba sur les genoux et enfouit son visage dans les braises à peine refroidies de l'autel du druide Verromensis. Arzhel ne disait pas un mot, mais une colère froide contractait ses prunelles bleues. Il serrait tellement fort les poings que ses ongles s'enfonçaient dans ses paumes.

– Que s'est-il donc passé ici? grogna-t-il, la respiration haletante. Ce ne sont pas des Celtes qui ont pu commettre pareille horreur.

– Les barbares, les soudards venus du sud…, bredouilla Celtina en relevant son visage noirci où les larmes laissaient leurs traces. Maève a dit vrai. Ils sont là, tout autour de nous, et ils veulent nous exterminer.

– Où sont les habitants? Je ne vois que les corps de quelques guerriers… Où sont passés tous les autres?

Comme des fous, Arzhel et Celtina se mirent à courir de tas de cendres en tas de cendres, mais ils ne découvrirent personne. Il n'y avait plus un animal ni un être humain dans Barlen.

Après une heure passée à se lamenter et à adresser quelques prières aux dieux pour le repos de l'âme des combattants, Arzhel jugea qu'ils n'avaient plus rien à faire dans ce lieu désolé.

– Il faut vite se rendre chez moi! En espérant que le spectacle ne sera pas le même. Nous sommes plus nombreux, nous saurons peut-être mieux nous défendre…

– Pars, toi! Moi, je reste ici. Peut-être que certains habitants ont trouvé refuge dans les bois et vont revenir.

Celtina s'assit devant ce qu'il restait de la forge de son père; elle pencha la tête sur sa poitrine et entoura ses jambes de ses bras.

– Pas question que tu restes seule, les barbares peuvent revenir aussi et ils te captureront. La partie du secret que tu détiens ne doit pas tomber entre leurs mains, répliqua Arzhel en la saisissant par le poignet pour la forcer à se relever. Allez, partons !

Il la traîna derrière lui jusqu'au bas de la colline, puis ils traversèrent un champ de blé que l'on n'avait pas eu le temps de moissonner et se retrouvèrent dans la forêt.

Celtina avançait comme une âme perdue ; elle ne regardait pas où ses pieds se posaient et elle trébuchait. Ses pensées ramenaient sans cesse devant ses yeux des images des jours heureux dans son village. Le rire de son père, qui tonnait aussi fort que ses coups sur l'enclume, la voix respectueuse de sa mère quand elle lui parlait des dieux, les jeux de son petit frère, même les ordres brefs d'Argantius étaient une belle musique dans ses souvenirs.

Heureusement, le bras solide d'Arzhel savait la guider. Ils arrivèrent tout près d'un ruisseau. Et c'est là que l'esprit de Celtina quitta les profondeurs des souvenirs pour revenir à la lumière.

– Katell ! s'exclama-t-elle.

Puis elle cria de toutes ses forces :

– Katell !

– Qui appelles-tu ainsi ? Tais-toi ! Si les Romains sont dans les parages, tu vas nous faire prendre.

Arzhel tenta de lui appliquer une main sur la bouche, mais Celtina lui échappa. Elle s'élança à travers les fourrés, arrachant sa tunique de lin sur les buissons épineux du houx, faisant détaler hérissons et écureuils devant elle. Le jeune homme courait derrière elle, mais comme il connaissait moins bien les lieux, il prenait garde de ne pas mettre le pied dans l'un des collets tendus par les chasseurs de Barlen. Après quelques minutes de poursuite, il rejoignit Celtina. Elle s'était arrêtée devant une hutte de branchages recouverte de peaux de bêtes. Une odeur nauséabonde de moisi montait de la cabane ronde. Arzhel aperçut un chaudron sale renversé dans un coin, les restes d'un feu, quelques poissons qui séchaient sur des claies* de bois.

— Katell, répéta Celtina en maîtrisant cette fois le ton de sa voix. Katell, c'est moi! Ta petite aigrette…

— Aigrette? s'étonna Arzhel.

— Katell a été ma nourrice, c'est elle qui m'a donné ce surnom, car je suis du Clan du Héron, ne l'oublie pas… Et l'aigrette est un majestueux échassier blanc, au plumage fin comme un nuage. Katell!

— Je suis ici, dit alors une voix jaillissant de derrière eux.

Ils se retournèrent vivement.

— Où, ici? Je ne te vois pas, Katell. C'est moi, Celtina!

Un bosquet d'épines noires frémit. Une vieille femme aux yeux laiteux émergea entre les branches de l'arbuste qui s'étaient ramifiées en racines au contact du sol. La septuagénaire s'appuyait sur un bâton et avançait courbée. *Le poids des ans pèse de plus en plus sur tes épaules. Tu as vécu de nombreux jours* matu *et* anmatu, *fastes et néfastes*, remarqua Celtina, pour elle-même.

La magicienne était vêtue de peaux de bêtes mal tannées; ses cheveux tressés en une douzaine de nattes étaient luisants de graisse animale; elle dégageait une odeur rance. Elle tenait un panier rempli de petites prunes violacées.

– Qu'es-tu venue faire ici, petite aigrette? lança la vieille en tournant ses yeux morts vers Celtina. Tu ne peux pas rester ici, il faut te cacher, les Romains ont emmené tout ton clan.

– Où, Katell? Où les ont-ils emmenés? Je dois les rejoindre…

– Pour quoi faire? siffla la femme entre les quelques dents noircies qui ornaient encore ses mâchoires.

– Mais… pour les sauver!

Katell éclata d'un rire lugubre.

– Les sauver? Toute seule? Tu ne peux rien y faire, petite aigrette. Oublie-les et poursuis ton chemin…

Katell repoussa les peaux qui occultaient l'entrée de sa hutte. Elle s'enfonça dans le noir de sa cabane.

Arzhel et Celtina ne savaient que faire. Ils échangeaient des regards interrogateurs, se demandant lequel des deux allait entrer dans la hutte à la suite de la sorcière. Alors que l'adolescente se décidait et se baissait pour écarter les peaux, Katell surgit de la cahute. Elles se retrouvèrent nez à nez. Celtina bondit en arrière. La sorcière avait enfilé une peau de taureau blanc ; les deux cornes de l'animal surmontaient sa tête. À la main, elle portait une tige d'amadou enflammée. Elle s'en servit pour ranimer le feu de bois. Puis, tout en y jetant quelques poussières d'herbes, Katell psalmodia une incantation que Celtina et Arzhel connaissaient bien. On la leur avait apprise à Mona. C'était un puissant charme pour provoquer des visions. L'oracle se pencha au-dessus de la fumée et inspira longuement.

Par signes, Celtina indiqua à Arzhel de s'asseoir et de ne pas prononcer un mot. Après quelques secondes, la voix de Katell, qui avait maintenant la profondeur de la transe, se fit entendre :

– Éolas, Fiss, Forchmarc… les Îles du Nord du Monde… Sadv la biche n'attend que toi… Nuada a besoin d'une épée…

Celtina et Arzhel purent aisément traduire les visions de Katell. Éolas, Fiss et Forchmarc étaient les trois druides des Îles du Nord du Monde, et la biche représentait la connaissance. Quant à Nuada, le roi des Thuatha Dé Danann, son épée de Lumière lui était nécessaire pour défendre son trône. Cependant, les deux apprentis ne parvenaient pas à déterminer en quoi cela les concernait et pourquoi ces personnages se retrouvaient ainsi mêlés à leur vie. Et puis, Celtina avait la tête qui tournait; elle n'arrivait pas à réfléchir. Était-ce la faim? Ils n'avaient rien mangé depuis la veille, puisqu'ils croyaient trouver de la nourriture en abondance à Barlen. Mais voilà, tout avait brûlé. Il ne restait pas une châtaigne, pas un morceau de lard fumé, pas même une vache pour lui tirer du lait.

La jeune fille sentit son corps se ramollir et son esprit la quitter. Alors, flottant à quelques pieds du sol, elle put voir son enveloppe physique près du feu, appuyée contre l'épaule d'Arzhel qui lui tapotait doucement les joues pour la ramener à elle. Mais sa conscience survolait maintenant la clairière. Elle voltigea quelques secondes telle l'aigrette agile, puis, brusquement, elle réintégra son corps qui fut secoué par un soubresaut. Ce furent ensuite des images de combats, d'armées en marche, de pierres sacrées et de champs de glace qui défilèrent à toute vitesse derrière ses paupières fermées. Elle frissonna.

Celtina comprit qu'elle avait, elle aussi, le don de vision. Elle était consciente de voir des événements à venir, mais était-ce sa destinée ou celle des membres de son clan qu'elle pressentait?

Entre-temps, Arzhel avait pris soin de l'écarter du feu. Pour sa part, il ne semblait nullement influencé par les herbes magiques qui brûlaient. N'en avait-il pas respiré ? Ce fut la voix profonde de Katell qui ramena l'adolescente à la réalité.

– Les attributs des dieux ont quitté les Îles du Nord du Monde, continuait la sorcière, décrivant des images que personne d'autre qu'elle n'était en mesure de percevoir.

– Tu as inhalé les fumées sacrées... respire profondément, lui murmurait Arzhel, à l'oreille.

Les deux timbres de voix et les mots se mélangeaient ; Celtina se sentait au bord de la nausée. Pourtant, elle savait que les fumées sacrées n'avaient rien à voir avec son voyage hors de son corps. Elle pouvait accomplir ce prodige sans avoir recours à des sortilèges, simplement par la pensée. N'avait-elle pas été capable de se transformer en chien contre les Anaon ?

Lorsque son compagnon lui versa de l'eau de sa gourde sur le visage pour l'obliger à se réveiller complètement, la prêtresse hoqueta, manquant s'asphyxier. Il lui fallut plusieurs secondes pour reprendre pied dans la réalité.

La sorcière était, elle aussi, sortie de sa transe. Ses orbites vides de vie s'étaient tournées vers la jeune fille.

– Pour que la paix revienne, tu dois rendre aux Celtes les attributs des dieux qui ont quitté les Îles du Nord du Monde…

– Je dois retrouver ma famille avant tout, protesta Celtina en secouant la tête pour chasser les dernières traces de son rêve.

– Vous ne pouvez pas aller à l'encontre de ce que les dieux ont décidé pour vous…, trancha Katell en faisant glisser la tête du taureau blanc sur ses épaules.

– Que nous veulent les dieux? Je ne comprends pas ta vision, Katell…, insista Arzhel.

– Vous le saurez en temps et lieu, répliqua l'aveugle d'un ton sec. Mais je dois te mettre en garde, Celtina. Souviens-toi qu'il est dangereux de marcher en faisant face au soleil et de laisser ton ombre sans surveillance, car à ce moment-là les mauvais esprits peuvent s'en emparer.

Arzhel haussa les épaules.

– Vieille folle! souffla-t-il en s'enveloppant de sa longue cape. Une sorcière n'a pas le droit d'imposer un interdit. C'est le privilège des druides.

Il se leva vivement et s'éloigna vers un roncier* pour y cueillir quelques mûres. Visiblement, il était irrité.

Celtina pivota et s'adressa au dos d'Arzhel:

– Katell n'a fait que me rappeler l'interdit qui a été imposé à ma famille par Verromensis.

Comment était-il possible qu'Arzhel ne croie pas à la geis, lui, un druide? Tout le monde devait respecter un interdit ou une obligation. Elle ne connaissait pas celui qui frappait son compagnon et, pourtant, elle savait que lui aussi devait assurément se conformer à une prophétie.

– N'aie aucune crainte, dit-elle ensuite à Katell. Mon totem, le chien, est là pour veiller sur moi. Il saura tromper mes ennemis et les mettre en déroute.

– N'hésite pas à l'appeler pour qu'il te guide dans tes rêves et tes méditations, petite aigrette. Et méfie-toi de l'ours, ajouta la vieille femme en désignant Arzhel d'un signe de la tête. Il est rusé et s'opposera toujours au sanglier.

Celtina savait que l'ours était le symbole des guerriers, et le sanglier, celui des druides et des prêtresses. Arzhel était l'un et l'autre à la fois: combattant de naissance, car il était fils de roi, et druide, parce qu'il avait été instruit à Mona. Était-il possible que ses deux personnalités se combattent en lui et qu'il n'arrive pas à choisir ce qu'il voulait vraiment être?

Après avoir quitté Katell en lui recommandant bien de se méfier du retour des Romains, Celtina et Arzhel s'enfoncèrent de nouveau dans les bois. Arzhel avait hâte de rentrer chez lui pour s'assurer que tout allait bien à Caldun, la forteresse de pierre. Pour Celtina, les choses étaient différentes. Elle s'inquiétait beaucoup pour sa famille. Malgré les mises en garde de Katell, elle avait décidé de se lancer à leur recherche le plus vite possible, pendant que la piste était encore fraîche. D'après les propos de sa nourrice, la centurie de Romains qui avait capturé ses parents et ses amis n'avait pas plus de deux ou trois jours de marche d'avance. Si elle se dépêchait, elle pouvait la rattraper.

– Que vas-tu faire, si tu parviens à rejoindre la centurie? la questionna Arzhel pour essayer encore de la convaincre de le suivre. Tu ne peux pas t'en prendre aux Romains à toi toute seule.

– Je verrai quand je serai sur place. S'ils ne sont pas loin d'un village ou d'une ville, j'irai voir le chef ou le roi et j'essaierai de lever une armée pour les attaquer…

– Et si tu es toute seule, en rase campagne?

– Eh bien, j'irai me livrer aux Romains, ainsi je serai prisonnière avec mes parents et mon frère, et je subirai le même sort qu'eux!

– Et le secret? Tu as pensé au secret? protesta vivement le garçon.

– Je ne divulguerai jamais le secret aux Romains. Ça, tu peux en être sûr! Plutôt mourir que de parler.

– Si tous les vers d'or n'arrivent pas à Avalon, nous ne pourrons jamais restaurer la

Terre des Promesses…, continua Arzhel qui tentait de donner un ton désespéré à sa voix.

– Je trouverai bien un moyen de faire parvenir le vers d'or à destination, même si ce n'est pas moi qui l'y emporte. Je trouverai un barde ou un messager…

– Maève a dit que l'un d'entre nous disposera de tous les secrets et sauvera notre culture et notre religion… Si tu te rends aux Romains, ce ne sera pas toi! Il vaut mieux que tu me dises ton secret… Je suis le plus expérimenté de tous les élèves de Mona. Je crois que c'est moi que les dieux ont choisi pour rejoindre Avalon. Je suis certainement l'Élu.

Celtina le dévisagea. Arzhel avait peut-être raison. Il était un homme maintenant; il était grand, solide, et il avait la chevelure d'or de Bélénos. C'était sûrement un signe. Elle devait lui divulguer son vers d'or pour éviter que le secret ne se perde. Mais au moment où ses lèvres allaient laisser filtrer les mots qui le composaient: «Trois choses vont en croissant: le Feu ou Lumière, l'Intelligence ou Vérité, l'Âme ou Vie; elles prendront le pas sur toute chose», elle comprit. Elle savait maintenant ce qu'une partie du vers signifiait: *Le feu, c'est moi avec ma chevelure de flammes; l'intelligence, c'est le chien, mon totem. Ne dit-on pas qu'il est le symbole de l'intuition et de l'intelligence grâce à son instinct? L'âme peut représenter tellement de choses… Je ne sais pas encore exactement laquelle, mais je trouverai. Nous sommes partis de Mona depuis à peine trois jours et voilà déjà que j'étais prête à renoncer... Quel genre de prêtresse pourrais-je donc devenir si je suis incapable d'aller vers mon destin?*

Et puis, les mots de Katell aussi lui revenaient en mémoire. *L'ours est rusé,* lui avait-elle dit en désignant Arzhel.

Celtina n'avait aucune raison de se méfier de son compagnon et pourtant, en elle, la petite voix de Gwydion, dieu de la Sagesse, lui recommandait d'être prudente: *Tu ne dois pas divulguer le vers d'or, pas même à un ami. Arzhel n'est pas l'Élu. Son destin n'est pas à Avalon, même s'il sera parallèle au tien.*

– Je te propose une chose, Arzhel, déclara-t-elle en reprenant le contrôle de ses pensées. Va dans ton village, pendant que je suis la piste des Romains. Si tout va bien chez toi, demande à ton père de lever son armée et rejoins-moi. À la prochaine lune, je t'attendrai à Gwened. Entre-temps, j'aurai sûrement appris vers où se dirige cette troupe de Romains. On pourra certainement me renseigner dans certains villages. Ils ne doivent pas passer inaperçus avec leurs prisonniers... Cela me permettra aussi de mettre les guerriers celtes en état d'alerte un peu partout. Plus nous serons nombreux, plus vite nous chasserons ces barbares de nos terres.

– Tu es sûre de toi?

Le jeune druide réfléchissait très vite. Grâce à l'élixir du sommeil, qu'il savait préparer depuis longtemps, il avait le pouvoir d'envoyer Celtina dans le pays des songes. Il aurait alors la possibilité de l'interroger et elle lui livrerait son secret sans s'en rendre compte. Mais obtenir le vers d'or de cette façon ne pouvait-il pas lui nuire? Il songea qu'il valait mieux attendre que ses pouvoirs s'accroissent. De toute façon, il était l'Élu; il ne pouvait en être autrement, puisqu'il était fils de roi. Tôt ou tard, Celtina et tous les autres devraient lui dévoiler leurs secrets pour qu'il puisse vivre sa destinée.

– D'accord, acquiesça-t-il. Caldun n'est qu'à deux nuits et deux jours de marche de Barlen. Je cours mettre le Clan de l'Ours sur le pied de guerre. Je serai sans faute à Gwened à la prochaine lune. Sois prudente, petite aigrette! lui lança-t-il en s'engageant dans un étroit sentier, non sans se retourner à plusieurs reprises pour épier la jeune prêtresse.

Celtina grimaça. Elle n'appréciait pas que son surnom soit utilisé par quelqu'un qui n'était pas de sa famille ni de son clan. Une fois que son compagnon eut disparu au bout du chemin, l'apprentie prêtresse entreprit de ramasser des glands et des fruits. Car même si Katell avait donné un pain de châtaigne à chacun d'eux, elle devait maintenant s'occuper elle-même de sa nourriture. Elle ne pouvait pas se lancer à la poursuite des Romains le ventre et les poches vides. L'automne cognait à la porte, c'était la saison idéale pour trouver des baies et des fruits durs dont elle pourrait faire abondante provision.

La jeune fille était occupée à ramasser des châtaignes lorsqu'elle sentit quelque chose la frapper à la nuque. Elle se retourna vivement. Rien ne bougea. Peut-être un fruit tombé d'un arbre, se dit-elle. Elle continua sa cueillette. Un second coup l'atteignit dans le bas des reins. Encore une fois, elle pivota sur ses talons pour scruter les alentours. Rien. Elle s'accroupit et fit semblant de poursuivre sa tâche, mais ses yeux couleur de mer étaient aux aguets. Soudain, Celtina aperçut, derrière son épaule droite, les ramures d'un bosquet qui s'agitaient. Elle se leva lentement, glissa quelques châtaignes dans son baluchon et le mit sur son épaule. Elle fit quelques pas sur le sentier emprunté plus tôt par Arzhel, puis, jugeant qu'elle avait presque contourné le buisson, elle revint sur ses pas. Elle abandonna son sac de jute pour être plus alerte et se jeta la tête la première dans le fourré. Sa manœuvre réussit. L'adolescente tomba à plat ventre sur une sorte de petit homme qui lui arrivait à peu près aux genoux. Aux cris stridents qu'il poussa, elle l'identifia : c'était un korrigan. Celtina savait qu'un petit démon de cette sorte pouvait se révéler très dangereux lorsqu'il était en colère. Elle se dégagea et s'excusa. C'était la meilleure tactique pour l'apaiser. Le korrigan semblait assez jeune, moins d'une centaine d'années assurément, car sa petite barbiche n'avait pas encore énormément blanchi.

– Tu m'as fait mal, piailla-t-il en époussetant ses vêtements. Tu aurais pu m'écrabouiller.

– Et toi aussi, tu m'as fait mal en me jetant des châtaignes sur la tête avec ta fronde. Donc, nous sommes quittes, répliqua Celtina qui ne voulait pas s'en laisser imposer par ce petit farceur.

– Ça va. Je n'ai rien… et toi non plus ! continua le korrigan. Que fais-tu dans cette partie de la forêt ? Elle appartient à mes semblables ; les grands pieds n'ont pas de raison de venir par ici.

– Je fais quelques provisions avant de reprendre ma route… Je suis Celtina du Clan du Héron, et toi ?

– Bugul, du petit peuple, se présenta le farfadet en soulevant son petit chapeau pointu. Tu ressembles à une prêtresse, tu en portes la robe et la cape… Tu es bien loin de Mona, t'es-tu égarée ?

Celtina raconta son histoire à son nouvel ami, en prenant bien garde de ne pas parler du secret qu'elle portait à Avalon. Elle savait que les korrigans étaient des esprits malins et farceurs, mais qu'ils pouvaient aussi devenir diaboliques et particulièrement méchants envers les humains.

– Oui, nous avons vu les Romains, nous aussi. Mais ils ne s'intéressent pas au petit peuple. En fait, même la plupart des Celtes ont oublié notre existence depuis de nombreuses années. Nous ne sommes plus que des êtres de légendes et seules quelques personnes extrêmement sensibles peuvent encore sentir notre présence. Comme toi!

Celtina fut remplie d'espoir.

– Sais-tu quelle direction les Romains ont prise après l'attaque de Barlen?

– Ils sont partis vers le sud... Ce sont de vrais barbares, ils ont écrasé plusieurs futaies où nous aimons nous poster pour observer la nature et les hommes. Et pas un d'entre eux ne s'est excusé du dérangement, grogna-t-il. Il n'y a qu'une belle dame, à la chevelure de flammes comme toi, qui a murmuré quelques paroles de réconfort en faisant attention de ne pas nous piétiner...

– C'est ma mère! s'exclama Celtina, des perles de larmes glissant sur ses joues.

– Je me disais bien... Tu lui ressembles. Elle aussi a le don de voir l'invisible, rétorqua Bugul.

– Par où sont-ils partis, mon ami? questionna Celtina. Je dois me dépêcher de les rejoindre.

Le korrigan trottina devant la jeune prêtresse, puis écarta des branchages dissimulant une sente qui s'enfonçait au plus profond de la forêt. Il y faisait très sombre, mais Celtina y devina des arbres moussus, des pierres glissantes, des lianes traîtresses.

– C'est une voie magique! Avance en toute confiance. Les pièges ne sont pas pour toi, mais pour ceux qui auraient l'audace de s'engager sur cette route sans notre autorisation. En empruntant ce passage, tu pourras rattraper les Romains en quelques heures, mais surtout ne sors jamais du chemin… sous aucun prétexte.

– Merci, Bugul. Je serai très prudente. Je n'oublierai jamais le petit peuple dans mes dévotions aux dieux…

Celtina se faufila dans le raccourci. Ses sandales n'étaient pas adaptées à la marche sur des pierres glissantes, mais elle ne tomba pas. Et les lianes s'écartaient sur son passage, se refermant derrière elle.

Elle avançait prudemment, tout en se hâtant. Bugul lui avait dit qu'elle rattraperait les soldats en quelques heures, mais elle n'entendait aucun bruit de cuirasse, aucune lamentation de prisonniers. Il n'y avait pas âme qui vive aux alentours. La jeune fille commença à douter. Le korrigan l'aurait-il orientée sur une fausse piste? Dans quel but? Puis elle se souvint de ce que l'on disait sur ces petits diables. Ils avaient la réputation d'égarer les humains. Celtina était épuisée. Elle décida de se reposer en s'allongeant sur les pieds moussus d'un vénérable chêne. Elle s'endormit.

Il faisait nuit noire lorsque les brumes du sommeil se dissipèrent. Celtina s'étira, mangea un morceau de pain que Katell lui avait donné et inspecta les environs des yeux. Elle ne voyait pas à cinq pas, tellement la forêt était sombre. Pourtant, elle n'avait pas peur. Elle songea que sa sieste avait duré plus longtemps que prévu et qu'assurément elle avait perdu un temps précieux. *Je ne suis pas prête pour de telles aventures... je me comporte encore comme une enfant. Bugul m'a indiqué un raccourci mais, par insouciance, j'ai gâché toutes mes chances de rattraper les Romains aujourd'hui. Mon père serait furieux s'il savait cela. Et ma mère, très triste. Quant à Maève, n'en parlons même pas. Elle serait catastrophée. N'ai-je donc rien appris à Mona?*

Ce fut alors qu'une lueur attira son regard. Celtina bondit sur ses pieds. Serait-ce un feu de camp? Un feu allumé par les Romains pour cuire leur nourriture, pour chasser les animaux et passer la nuit en sécurité? Elle n'osait y croire, mais l'espoir reprit vie dans son cœur.

L'adolescente s'élança, écartant les branches devant elle, sautant par-dessus les bouquets de fleurs des bois, écorchant ses pieds sur les pierres pointues. Elle courait si vite qu'elle ne prenait pas garde aux changements du sol. Elle avait oublié les recommandations de Bugul et était sortie du chemin magique.

Au loin, la lueur s'était dédoublée. Manifestement, il y avait beaucoup de monde qui campait là. Celtina dégagea son pied droit qui s'était légèrement enfoncé dans le sol devenu plus meuble. Sa sandale resta prise dans une motte de glaise. Elle s'arrêta et la tira vers elle. La terre était spongieuse. La prêtresse remit sa chaussure et poursuivit son chemin sans s'inquiéter.

La lumière était de plus en plus vive, mais semblait se déplacer légèrement sur sa gauche. Celtina dévia encore sa course. Brusquement, la terre se déroba sous elle. La jeune fille venait de tomber dans un marécage. Les fondrières protégées par des herbes cachaient des gouffres de fange. Les eaux visqueuses imbibèrent sa robe de lin et sa cape de laine. Plus elle se débattait, plus elle s'enfonçait. Un hurlement terrible monta de sa gorge. Mais il n'y avait personne aux alentours pour lui porter secours. Celtina tenta de se dégager en saisissant une touffe d'ajoncs ; les plantes lui restèrent dans les mains. Pendant de longues minutes, elle essaya en vain de s'extirper de sa fâcheuse position. Rien à faire. Alors, elle cessa de se débattre.

Chapitre 4

Lorsque, en fin de journée, il déboucha dans le champ d'orge qui bordait Caldun, Arzhel fit une halte pour observer les environs. Il remarqua de nombreuses spirales de fumée qui montaient de l'oppidum. Son cœur s'emballa. Son village était-il en flammes, lui aussi? Puis le garçon songea qu'en raison de la température les habitants avaient sans doute commencé à faire du feu dans les cheminées. Malgré tout, il n'était pas rassuré. Il reprit sa route, anxieux. Ses sandales ne lui permettaient pas de courir, mais il faisait de longues enjambées pour aller plus vite. Il arriva en vue de la palissade et aperçut des guetteurs dans les tours. L'un d'eux l'interpella d'une voix sonore:

– Que nous veux-tu, étranger?

C'est bizarre, se dit Arzhel, *les lois de l'hospitalité de mon clan veulent que l'on accueille les visiteurs avec plus d'empressement et surtout moins de défiance.*

– Je suis Arzhel, fils d'Éribogios le frappeur, s'empressa-t-il de répondre lorsqu'il se rendit compte que le guetteur bandait son arc dans sa direction.

– Ouvrez, ouvrez vite à Arzhel, fils d'Éribogios, lança alors le guerrier d'un ton joyeux en le reconnaissant.

Les battants de la porte s'entrouvrirent et Arzhel put se glisser de l'autre côté où il fut accueilli par deux soldats celtes qu'il connaissait bien, puisqu'ils étaient ses cousins. Ils échangèrent des accolades. Puis le jeune druide se dirigea rapidement vers les maisons de pierre qu'il avait quittées bien des années plus tôt. Il avait hâte de retrouver ses amis, de revoir son père. Toutefois, il ne parvenait pas à retenir les larmes qui mouillaient ses yeux bleus… Sa mère avait rejoint le Síd deux ans auparavant et il ne l'avait pas revue avant son grand voyage dans l'Autre Monde.

Le roi Éribogios était solidement campé sur ses deux jambes à la porte de sa splendide demeure devant laquelle se dressaient une multitude de crânes pris à ses ennemis.

– Quelles sont les nouvelles, mon fils? s'empressa-t-il de demander à Arzhel en lui donnant une accolade bourrue. As-tu fini tes études que tu nous reviens déjà de Mona?

Arzhel commença alors à lui raconter ce qui s'était passé durant les derniers mois, et surtout la chute du village de Barlen, du Clan du Héron. Mais Éribogios l'arrêta d'un geste sec.

– Attendons le festin de ce soir pour discuter de politique. Le druide Dérulla sera présent et tu pourras alors bénéficier de ses avis éclairés. Pour l'instant, prends le temps de t'installer et de renouer connaissance avec les habitants de ton village. Tes cousins semblent impatients de te présenter leurs épouses, lança-t-il en désignant les deux hommes qui l'avaient accueilli à la palissade et qui l'avaient suivi dans l'oppidum.

Arzhel déposa son sac près du coffre de son père, celui où le roi gardait ses plus précieuses parures de guerre et ses trésors. Puis il suivit Cingéto, le guerrier, et Tritogénos, le troisième-né. On lui présenta les nouveau-nés de la famille, dont l'aîné avait déjà cinq ans. Le jeune druide se rendit alors compte qu'il n'avait pas revu les siens depuis une douzaine d'années. Et s'il n'avait pas dû s'enfuir de Mona, probablement qu'il ne les aurait pas retrouvés de sitôt.

Ce fut au festin du soir, que l'on pouvait encore tenir en plein air malgré la fraîcheur de la nuit, qu'Arzhel put enfin raconter les événements de Mona, les avertissements de Maève et surtout le saccage de Barlen, et rapporter le témoignage de Katell.

– Je suis venu pour chercher de l'aide. Nous devons aider le Clan du Héron et retrouver ces gens avant que les Romains ne les emmènent dans leur pays pour en faire des esclaves! s'exclama-t-il, plein d'humeur guerrière.

Éribogios se tourna vers Dérulla pour obtenir son avis. Le roi ne parlait jamais avant le druide ; c'était ce dernier qui devait déterminer ce que la tribu ferait ou ne ferait pas.

– Nous ne devons pas nous mêler d'une guerre qui ne nous regarde pas, laissa tomber Dérulla en mordant à pleines dents dans un cuissot de sanglier bien grillé.

Arzhel sursauta.

– Mais le Clan du Héron est de la même tribu que nous ! Père, tu en es le roi. Tu ne peux pas laisser les Romains emmener ces gens et t'en laver les mains.

– Il y a beaucoup de choses que tu ignores, mon fils, commença Éribogios. Les Romains ont conquis presque toutes les terres celtes. Dernièrement, les Helvètes qui se sentaient un peu à l'étroit dans leurs montagnes ont décidé d'envahir les territoires des Éduens. Mal leur en a pris. Les Éduens ont appelé Jules César à la rescousse. Il a battu les Helvètes à plate couture. Sur cent mille guerriers, seulement une douzaine de milliers ont pu s'enfuir et retourner dans la montagne. Tous les autres ont été massacrés.

– Ce général romain est comme un dieu, continua Cingéto. Il vole de victoire en victoire. Nous avons imploré Lug et Dagda, Taranis et Teutates, et même le barde Coirpré et ses satires* meurtrières, mais personne ne parvient à l'arrêter. Il n'a pas peur de nos imprécations, il ne manque pas de courage.

– C'est aussi un homme d'une grande sagesse et ses tactiques de guerre sont redoutables. Il ne se lance pas dans le combat sans avoir bien préparé sa stratégie, confirma Tritogénos d'une voix pâteuse, tout en vidant son quatrième pichet de vin d'Italie.

– J'ai même décidé de lui envoyer le fils du chef du Clan du Saumon. Le jeune Aliortus vient d'avoir quinze ans, il est temps qu'il devienne un guerrier, annonça Éribogios.

– Est-ce toi, père, ou Dérulla qui l'a décidé? gronda Arzhel.

– Aliortus doit faire ses premières armes auprès d'un grand chef, répliqua le druide, et tu n'as aucun droit de t'opposer à mes décisions. Tu n'es pas encore druide, Arzhel. Et tu ne le seras jamais, puisque tu n'as pas fini tes études.

La colère enflamma la langue du jeune apprenti.

– Vous n'êtes qu'une nation de traîtres. Vous vous laissez attirer par l'or des Romains, mais aussi, comme je peux le constater, par le vin de leurs vignes. Tu es ivre, Tritogénos!

Ne supportant pas l'insulte, Tritogénos bondit par-dessus la table et se jeta sur Arzhel. Les deux cousins échangèrent de nombreux coups. Les autres guerriers du village firent un cercle autour d'eux; les uns encourageant le jeune druide à la langue bien pendue, les autres, plus nombreux, prenant parti pour

Tritogénos, un solide gaillard qui avait prouvé sa bravoure dans plusieurs batailles.

Les coups pleuvaient ; les Celtes criaient ; c'était une vraie belle bataille comme ils en raffolaient. Ça faisait longtemps qu'on n'avait pas assisté à une telle frénésie dans le village. Tous étaient heureux de constater que le jeune druide n'était pas une poule mouillée, mais plutôt un homme fort qui savait se battre malgré sa belle robe blanche de prêtre.

– Un cochon sur Arzhel, paria Cingéto, debout sur la table, bousculant du pied gobelets et assiettes de bois.

– Deux chèvres sur mon Tritogénos, renchérit Éponine, une solide matrone*, fière des plaies et des bosses qu'elle devait souvent soigner chez son époux. Elle-même d'ailleurs ne détestait pas mener ses troupes à l'assaut lorsque son valeureux guerrier avait besoin de renfort.

Mais le cousin d'Arzhel se fatiguait rapidement. L'apprenti druide, qui n'avait consommé ni cervoise ni vin d'Italie, avait l'esprit clair et parvenait sans mal à esquiver les redoutables coups de son assaillant. De son côté, totalement ivre, Tritogénos parvenait à peine à tenir sur ses jambes. En projetant son poing vers l'estomac d'Arzhel, il fut déséquilibré. C'était le moment que le fils du roi attendait pour lui décocher une solide droite au menton. Le lourd combattant perdit pied et sa tête heurta une pierre. Éponine et Arzhel s'empressèrent près de lui pour le relever. Mais un filet de sang s'écoula de sa blessure à la nuque. Dérulla se précipita vers Tritogénos. Toutefois, il constata rapidement que sa médecine ne pouvait plus rien y faire. La chute avait été fatale. Les yeux du druide, enfoncés dans leurs orbites, dardèrent Arzhel de mille flèches de haine. Ses mains noueuses et ses bras décharnés se tortillaient comme des serpents venimeux.

— Tu as transgressé la loi, Arzhel, fils d'Éribogios…

— Je n'ai rien fait, se défendit le jeune druide. C'est mon cousin qui s'est jeté sur moi… Et puis, ce n'est qu'un accident. Le combat n'était pas si violent que ça, Tritogénos en a mené de plus rudes.

Mais Arzhel avait compris que le druide de Caldun n'avait pas apprécié d'être qualifié de traître et qu'il allait l'accuser d'un crime. Dérulla exigerait sûrement une importante compensation pour les victimes, c'est-à-dire pour Éponine et les deux jeunes enfants de Tritogénos. Ne possédant rien, Arzhel était convaincu que son père paierait pour lui le prix du sang. C'était toujours ainsi que se réglaient la plupart des querelles dans les clans celtes. Éribogios devrait sûrement se départir d'un peu d'or, de quelques têtes de bétail et de plusieurs armes. C'était le prix à payer pour la mort d'un combattant.

– Pour la mort d'un valeureux parmi les valeureux, moi, Dérulla…

Le druide marqua une pause, comme s'il cherchait ses mots, mais un sourire malveillant se dessina sur son visage.

– …moi, Dérulla, je te condamne à l'exclusion du Clan de l'Ours…

Ce verdict jeta la consternation dans l'assemblée. Personne, pas même le roi, ne pouvait contester une décision prononcée par un druide, et l'exclusion était la pire sentence que l'on pouvait appliquer. Jugé coupable par un druide, Arzhel tombait plus bas que le dernier des esclaves. Il en resta sans voix.

Sans un mot, son père Éribogios, son cousin Cingéto, les femmes et les enfants de sa famille, ses amis, tous se détournèrent de lui. Personne ne pouvait plus lever le bras pour le défendre, même si le verdict était injuste. Arzhel devenait un mort parmi les vivants, une âme plus solitaire qu'un loup.

Le jeune homme jetait des yeux hagards autour de lui, mais il savait que plus aucune loi ne pouvait lui venir en aide, plus personne ne pouvait se porter à son secours ou discuter les paroles du druide sous peine d'être lui-même banni.

– Tu n'as pas le droit, Dérulla…, hurla-t-il. La compensation pour la mort d'un guerrier au cours d'un combat loyal n'est jamais l'exclusion. Pourquoi veux-tu me chasser du

Clan de l'Ours ? Que mijotes-tu ? Tu vas vendre ma famille et mes amis aux armées de César ? Ou tu les as déjà vendus ? Que t'ont promis les Romains ?

Mais il criait dans le vide, car tous s'étaient levés pour rentrer chez eux sans lui accorder un regard. Et si certains savaient qu'Arzhel disait sans doute vrai, personne n'aurait osé s'opposer à Dérulla.

– Moi aussi, je sais pénétrer les secrets les mieux cachés de l'univers, Dérulla, cria encore Arzhel, dont les paroles s'envolèrent dans le silence de la nuit. Je peux lire la destinée des hommes dans les astres. Je connais les vertus des plantes et je peux en tirer les remèdes les plus efficaces ou les poisons les plus violents. Je n'ai pas dit mon dernier mot. Tu me retrouveras sur ta route, druide sans honneur.

Arzhel se dirigea vers la maison de son père, mais le roi lui tourna le dos, lui aussi. Toutefois, Éribogios avait ouvert son coffre. Le jeune druide y aperçut des armes, une cuirasse, un ceinturon de bronze. Son père ne pouvait lui parler ni l'aider sous peine d'être lui aussi jugé par Dérulla ; par contre, rien n'empêchait plus Arzhel de voler l'équipement ainsi offert à sa vue. Il ne risquait plus rien. Le druide de Caldun ne pouvait pas l'exclure deux fois du clan. Le garçon se pencha vers la malle et s'empara de l'armement.

– Merci, père ! J'en ferai bon usage !

Moins de six heures après avoir retrouvé sa famille, Arzhel la perdait de nouveau, et cette fois à tout jamais. Il s'enfonça dans les profondeurs de la nuit, se mettant en route vers Gwened, son lieu de rendez-vous avec Celtina.

Ce fut en examinant la mousse des bois le jour et les étoiles la nuit qu'Arzhel prit le chemin de Gwened, une des plus importantes villes vers le sud. Il marchait le plus rapidement possible pour s'éloigner des villages placés sous l'autorité d'Éribogios et de Dérulla, ne se reposant que quelques minutes pour grignoter des fruits et des racines, avant de reprendre sa route.

Après de nombreuses heures de marche épuisante, l'apprenti druide arriva enfin devant une large clairière peuplée de fougères. Il était fourbu. Il décida donc de se reposer. Il arracha une grosse brassée de plantes et s'en fit un lit confortable, à l'abri d'un chêne blanc. Malheureusement, Arzhel n'avait pas pris garde à l'endroit où il avait posé ses pieds. Par mégarde, il avait piétiné sept fougères, une erreur à ne pas commettre lorsqu'on erre dans une forêt inconnue. Car si elles ont le pouvoir de rendre invisible, les fougères deviennent maléfiques si l'on pose ses pas sur sept d'entre elles à la suite l'une de l'autre. Le jeune homme s'assoupit sans savoir qu'un terrible maléfice le menaçait désormais.

Lorsque le soleil le réveilla en jouant à cache-cache avec les feuilles du chêne et en frappant ses paupières, Arzhel ne savait plus où il était. Il se redressa et explora les alentours. Que faisait-il dans cette forêt? Où allait-il? Pourquoi dormait-il sur un lit de fougères? Il n'en avait plus aucune idée. Qui était-il d'ailleurs? Il observa ses vêtements et son bagage. Pourquoi portait-il une robe de druide et un équipement de guerrier? Le garçon avait tout oublié. Croyant à un rêve, il se recoucha et se rendormit. Mais deux heures plus tard, lorsqu'il ouvrit de nouveau les yeux, rien n'avait changé. Il n'avait toujours pas retrouvé la mémoire. Cette fois, le soir était arrivé et il entendit le hurlement caractéristique des loups. Il lui fallait trouver un abri plus sécuritaire. Une grotte serait l'idéal. Il devait en chercher une avant que l'obscurité ne soit trop profonde. Il ramassa son équipement et glissa la brassée de fougères dans son sac. Elles lui serviraient à s'isoler du froid de la roche.

Le jeune homme finit par trouver exactement ce dont il avait besoin, une grotte peu profonde, mais large. Il disposa ses fougères et alluma un feu de bois. La faim le tenaillait, mais il n'était pas question pour lui de s'aventurer dehors au cœur de la nuit pour essayer de trouver quelque chose. Il risquait de finir sous la dent d'Olc, le loup.

Le lendemain, le ciel en furie déversa des torrents d'eau sur la forêt. Arzhel n'avait pourtant pas le choix; il fallait qu'il pense à se nourrir. Il avait appris à pratiquer la trappe, mais jusqu'à maintenant il s'était refusé à piéger des animaux pour les manger. Toutefois, il savait qu'il ne pouvait éternellement se contenter de châtaignes, de faînes*, de noisettes, de racines et de baies. Il devait absolument consommer de la nourriture plus consistante. Le garçon confectionna donc un collet qu'il déposa près d'un buisson où il avait remarqué quelques poils qu'un lièvre avait abandonnés en frôlant de près les épines d'un roncier. Il espéra que le rongeur repasserait par là à la nuit tombée, lorsqu'il sortirait pour rejoindre ses congénères. Arzhel avait simplement oublié qu'en tant que Celte il ne pouvait manger ni lapin ni lièvre, animaux qui, dans leur terrier, étaient en contact avec le monde des morts, situé sous terre. Il s'apprêtait donc à transgresser un autre interdit.

Puis, ayant remarqué un amas de feuilles sur les branches d'un peuplier peu élevé, il se hissa sur l'arbre et récolta des boules de gui. Elles allaient lui servir à confectionner un appât gluant pour piéger les perdrix qu'il entendait cacaber dans le sous-bois.

Et les jours passèrent. La mémoire d'Arzhel ne revenait toujours pas. L'automne était arrivé, très pluvieux cette année-là et, rapidement, le jeune druide se retrouva couvert de boue. Peu à peu, il perdit complètement la notion du temps et des choses. Il devint comme une âme errante.

De son repaire, Macha la sorcière surveillait ses faits et gestes, et elle s'amusait de le voir perdre l'esprit. Elle attendait son heure pour lui envoyer les Anaon, car sans le savoir Arzhel était revenu dans le Val d'Orgueil, le domaine de la méchante magicienne. C'était elle qui l'avait guidé vers la clairière de fougères, sachant très bien ce qui allait lui arriver.

Se couvrant les cheveux de cendres pour se protéger des parasites, Arzhel avait l'air d'un vieil homme. Chaque matin, la rosée détrempait sa chevelure rendue raide par la boue. Il avait les mains et les genoux écorchés par les pierres et les ronces. Sa belle aube blanche de druide était en lambeaux et noire de fange. Celtina n'aurait jamais pu reconnaître son bel ami à la chevelure d'or dans cet homme amaigri, hirsute et d'une saleté repoussante.

Voilà plusieurs semaines déjà qu'Arzhel avait perdu la connaissance des choses. La faim l'avait mis dans un état de faiblesse qu'il ne parvenait plus à combattre. Il passait la majeure partie de ses journées couché, réussissant parfois à piéger une caille, à pêcher un poisson ou à attraper un lièvre... mais il ne mangeait pas tous les jours.

Justement, ce jour-là, son estomac criait famine et sa ligne, qu'il trempait dans la petite rivière non loin de sa grotte, ne frétillait pas depuis plusieurs heures. Il allait abandonner lorsqu'il entendit un grand remue-ménage en direction de son abri. Craignant que quelqu'un ne s'empare de ses effets, il courut le plus rapidement possible vers la grotte, mais il était tellement faible qu'il tomba. Il tentait de se relever lorsque la surprise le fit se rabattre au sol. Il venait de voir une jeune femme aux cheveux noirs comme la nuit qui conduisait un cerf blanc à la rivière pour le désaltérer. Son char était arrêté juste devant son repaire, et Arzhel songea un instant à le voler, mais pour aller où? Pour en faire quoi? Il ne savait même pas qui il était ni d'où il venait.

Alors, se cachant, rampant de racine en racine, il s'approcha de la femme. Bien évidemment, comme c'était la déesse de la Forêt et des animaux sauvages, elle l'avait entendu et vu venir. Mais elle ne bougeait pas. Alors, Arzhel s'enhardit à se mettre debout; il ne voulait pas qu'elle le prenne pour un animal monstrueux.

– Femme, aide-moi, je t'en supplie, l'implora-t-il en pleurant comme un tout petit enfant.

La belle déesse s'approcha de lui et posa tendrement une main blanche et fine sur son épaule droite.

– Je sais qui tu es, répondit-elle doucement. Mais même si je te dis ton nom, à quoi cela pourra-t-il te servir, puisque tu as perdu la connaissance des choses et des êtres?

– Peut-être mon nom déclenchera-t-il un souvenir, supplia encore Arzhel. Si tu me connais, ne me laisse pas dans l'ignorance de mes origines.

– Il vaut mieux que tu ne reprennes pas ton nom. D'ailleurs, le monde des hommes t'a oublié…, soupira la déesse en caressant les naseaux de son cerf qui s'impatientait à deux pas d'elle. Toutefois, moi, Flidais, je peux t'en donner un autre et, celui-là, tu pourras le porter fièrement. Tu seras Koad, le mage de la forêt.

– Flidais?… Ce nom ne m'est pas inconnu, et pourtant je ne sais pas qui tu es…

– Un jour, tu retrouveras ta mémoire, mais peut-être alors regretteras-tu de ne pas être resté dans l'ignorance…

– Ai-je commis un si grand crime pour que tu dises qu'il vaut mieux que je ne sache pas qui je suis?

– Je ne peux pas te répondre. Si tu veux recouvrer ta véritable identité, tu devras y parvenir seul, car je ne peux lever un sort qui t'a été jeté par Macha la terrible. Méfie-toi, tu es sur son territoire et elle ne te laissera pas en paix si tu ne t'éloignes pas d'ici, murmura la déesse sans ouvrir la bouche. Arzhel l'entendit dans son esprit.

Après que Flidais et son cerf blanc furent repartis, le jeune druide médita longuement sur les paroles de la déesse. Il prit alors la décision de quitter cet endroit. Il rassembla ses affaires et se mit en marche. Encore une fois, il dut marcher, marcher et encore marcher jusqu'au bord de l'épuisement avant de trouver une clairière où s'arrêter.

Ce soir-là, pour tout repas, le garçon dut se contenter de mâchouiller une longue feuille de fougère. Il en sentait les petites spores* éclater sous ses molaires. Le goût amer de la plante lui arracha une grimace et il la recracha dans le feu qu'il avait allumé. Une longue flamme s'éleva et une spirale blanche s'en détacha, flotta au-dessus de lui, enfla et se tortilla, prenant forme humaine. Et là, il reconnut Celtina. Ce fut ainsi, grâce à une graine de fougère qui lui donnait le pouvoir magique de découvrir le sens des choses cachées qu'Arzhel retrouva sa mémoire. Et en même temps, il se rendit compte de l'horreur de sa situation. Il avait sans doute raté le rendez-vous de Gwened. Combien de lunes s'étaient écoulées depuis le début de son errance?

Chapitre 5

Celtina désespérait de se sortir du marais. Elle savait que plus elle se débattrait, plus elle s'enfoncerait. Mais elle ne voyait pas par quel miracle elle parviendrait à se sortir de là. Elle essaya de se concentrer pour pouvoir opérer sa métamorphose. Très fort, elle s'imagina être une aigrette, un des seuls oiseaux capables, grâce à leurs longues et fines pattes, de vivre dans les marais sans s'y enliser. Mais la peur contrecarrait sa volonté; elle ne parvenait pas à se transformer. Son cœur battait beaucoup trop vite dans sa poitrine. Sa respiration était haletante. Elle focalisa toute sa pensée sur sa bague, mais peine perdue. Dès qu'elle tentait de lever sa main à la hauteur de ses yeux pour fixer la turquoise, elle se sentait glisser un peu plus dans la boue. Il ne lui restait plus qu'à supplier Arnemétia, déesse de l'Eau, de lui envoyer du secours. La prêtresse commença sa prière, mais les mots se mélangeaient. Elle ne parvenait pas à articuler convenablement les incantations magiques. L'effroi parlait par sa voix. Des larmes glissèrent doucement sur ses joues. Son aventure allait-elle s'arrêter dans les marécages? C'était injuste. Les dieux l'avaient oubliée, comme ils avaient aussi délaissé ceux de son clan, songea-t-elle. C'était donc là sa destinée. *C'est sûrement pour cela que Maève n'a pas voulu m'en dire plus. Elle a vu cette mort affreuse!* Le désespoir commençait à ronger son cœur.

Mais un sifflement derrière elle la tira de ses mauvais songes. Celtina ne pouvait se retourner pour voir de quoi il s'agissait, car la boue lui arrivait maintenant à la poitrine et la maintenait comme dans un étau. Elle sentit un déplacement d'air sur sa joue. Puis le ciel s'assombrit au-dessus de sa tête. Très doucement, elle leva les yeux. Deux énormes oiseaux blancs planaient. L'adolescente les identifia tout de suite à leur «vohrr» soufflé: c'étaient des cygnes d'une blancheur immaculée. Les deux volatiles agitaient frénétiquement les ailes, à quelques pouces du marais. Ils décrivirent un large cercle autour d'elle et commencèrent à se rapprocher. Leur cou et leur tête bien tendus vers l'avant, ils arrivaient à pleine vitesse directement sur elle. C'était le bruissement de leurs ailes qui produisait ce frémissement ondulant et sonore qu'elle avait perçu quelques secondes plus tôt. Celtina remarqua alors qu'ils étaient reliés entre eux par une chaîne d'or. Elle comprit qu'ils lui offraient son unique chance de se sortir de la fange. Elle leva les deux bras au-dessus de sa tête, sentit qu'elle s'enfonçait un peu plus: la boue lui arrivait aux épaules. Percevant sans doute l'urgence de leur intervention, les deux oiseaux foncèrent de chaque côté d'elle, et la jeune prêtresse agrippa la chaîne d'or au vol. Grâce à leur puissance, les deux cygnes la soulevèrent et l'arrachèrent à sa prison de vase.

Celtina était folle de joie et de reconnaissance, et elle demanda aux cygnes de la déposer dans un endroit sécuritaire, mais, au lieu d'atterrir, ils prirent de l'altitude. L'adolescente serra plus fortement la chaîne d'or; il ne fallait surtout pas qu'elle tombe. Sous elle, le paysage défilait à grande vitesse. Comme elle était en compagnie d'oiseaux magiques, elle ne doutait pas qu'ils la conduisaient dans un lieu surnaturel.

Après plusieurs minutes au-dessus des marais, puis de la forêt, elle vit apparaître un bras de mer. Au loin se dessinaient les contours d'une île. Elle remarqua des touffes d'ajoncs clairs, puis des fougères rousses et des bruyères mauve clair. Les volatiles survolèrent le creux arrondi d'une vallée. Puis ils suivirent le cours d'une rivière calme qui serpentait entre des collines trapues, couronnées de brume. Celtina aperçut des troupeaux de moutons à tête noire qui paissaient l'herbe grasse des prairies lisses et épaisses. Elle n'aurait pu soupçonner qu'il existât un tel lieu à si peu de distance de son village. Elle n'en avait jamais entendu parler.

Assurément, il s'agissait d'un endroit secret, le fief* d'un seigneur de l'Autre Monde.

Au centre de l'île, son regard éberlué découvrit un palais de verre qui reflétait le soleil. Les cygnes s'approchèrent du château et ralentirent leur vol. Ils glissèrent au ras du sol et Celtina put se laisser tomber sur l'herbe tendre qui amortit sa chute. C'est alors que l'un des deux oiseaux s'adressa à elle. C'était la première fois depuis qu'ils l'avaient secourue que l'un d'eux s'exprimait à intelligible voix.

– Te voilà dans l'île d'Arran et ceci est le château d'Emhain, dont le seigneur est notre frère Manannân. Tu y seras en sécurité et tu pourras y reprendre des forces.

– Je m'appelle Conn et mon frère que voici est Fiachna, continua le second cygne en désignant l'autre de son bec orange. Nous sommes les enfants de Lyr.

– Pourquoi êtes-vous attachés par une chaîne d'or et, puisque vous pouvez parler, êtes-vous des dieux ou des héros? s'étonna Celtina.

– Manannân te racontera notre histoire, reprit Conn. Nous devons te quitter maintenant.

Les deux oiseaux se mirent à courir rapidement, puis s'élevèrent dans le ciel; ils la saluèrent d'un ultime «vohrr» avant de disparaître de l'autre côté du château. Celtina se dirigea vers la porte du palais, mais elle arrêta brusquement son pas. Le château n'était pas constitué de verre comme elle l'avait cru au premier coup d'œil. Il était fait d'eau cristalline. Un gargouillement fendit l'air ; c'était l'eau qui s'exprimait.

– Ne touche pas au château, jeune fille. La texture de ta main le ferait s'écrouler en cascade.

Un vieillard vêtu d'une cape verte, portant des cheveux bouclés et blancs comme neige retenus par un bandeau doré, sortit du donjon. Lui aussi semblait être constitué d'eau, et son apparence vacillait sur ses trois jambes liquides.

– Je suis Manannân, le fils de l'océan. C'est moi qui ai envoyé mes frères te secourir…

– Tes frères ? Mais tu n'es pas un oiseau ? Comment est-ce possible ?

– Viens avec moi sur la grève au bord de la mer. Je vais te raconter l'histoire des enfants de Lyr.

« Longtemps après ma naissance, mon père, Lyr, prit une jeune et belle épouse qui s'appelait Aobh. Elle lui donna quatre beaux enfants : une fille, Finula, et trois garçons, Aed et les jumeaux Conn et Fiachna. Malheureusement, Aobh mourut d'une maladie foudroyante, laissant mon père dans la détresse. Il se résolut finalement à épouser Aoifé, la plus jeune sœur de sa femme. Mais celle-ci ne put lui donner d'enfant, alors elle devint très jalouse des quatre descendants d'Aobh et décida de les tuer. Elle les fit emmener dans la forêt, mais n'eut pas le courage de les faire mourir. Elle leur lança donc un sort et les changea en cygnes, en leur laissant le don du chant et de la parole. Tu as rencontré deux d'entre eux, les jumeaux reliés par leur chaîne d'or. Malgré tous mes pouvoirs magiques, je ne peux pas leur rendre leur forme humaine... mais peut-être que... »

— ...peut-être que je pourrais essayer pour les remercier de m'avoir sauvé la vie, compléta Celtina. Je le ferai avec plaisir, même si je ne suis encore qu'une élève... Je ne te garantis pas que j'y parviendrai, car les mauvais sorts sont très difficiles à lever.

— Dis-moi ce dont tu as besoin et je te le procurerai..., certifia le fils de l'océan.

— Il me faut le lait de deux vaches, une blanche et une rousse... Elles doivent être de couleur uniforme, sans aucune tache. Tu verseras ce lait dans un immense trou, au centre de ton île, dans la plus belle plaine fleurie. Il faut ensuite des boisseaux de cresson que tu feras macérer dans le lait toute une nuit. Puis tu demanderas aux quatre cygnes de s'y plonger et de s'y baigner... Le tout devra se dérouler à la prochaine pleine lune, s'il ne pleut pas et si la température est douce.

— Je ferai comme tu as dit. Je vais m'assurer de retenir la pluie et de réchauffer l'air pour que rien ne vienne contrecarrer ta médecine... Je possède deux splendides vaches qui fournissent du lait sans interruption. Je vais les traire moi-même et j'en transporterai le lait avec mon chaudron d'abondance, ainsi je serai sûr d'en avoir la quantité nécessaire pour remplir le trou.

– C'est exactement ce qu'il me faut! s'exclama Celtina, très enthousiaste à l'idée d'exercer sa science.

– Repose-toi maintenant, jeune prêtresse. Tu peux t'allonger dans ce pré au bord de la mer. Tu ne souffriras ni du froid ni de la faim, car je veille sur toi.

Celtina constata qu'elle était effectivement épuisée; sa bataille pour ne pas s'enfoncer dans le marais avait drainé toutes ses forces. Elle s'étendit dans l'herbe grasse et s'endormit.

Comme il l'avait promis, Manannân avait veillé sur elle, mais il l'avait tenue dans les limbes* du sommeil durant plusieurs jours, en fait jusqu'à la nouvelle lune. Lorsqu'elle se réveilla, Celtina chercha le fils de l'océan… Elle aperçut alors d'énormes vagues à la surface de la mer, comme si quelqu'un était en train de fouetter les flots. C'était Manannân qui inspectait son domaine dans son char tiré par des chevaux blancs. En y regardant de plus près, l'adolescente se rendit compte que l'attelage était constitué d'écume de mer en forme de chevaux et que le fils de l'océan portait un casque rouge formé de longues flammes.

Manannân dirigea son équipage vers elle. Les chevaux vinrent se désintégrer en vaguelettes sur la plage de galets, mouillant le bas de sa robe qui était redevenue d'une extrême propreté.

– Ah! tu es réveillée. Viens avec moi, je t'emmène dans ma plus belle plaine fleurie, là où j'ai fait creuser le trou le plus grand possible pour y contenir mes frères cygnes.

– Mais je ne vois pas de bateau pour me transporter, riposta Celtina.

Aussitôt, Manannân agita les bras, et les vagues de la mer se rassemblèrent pour prendre la forme d'un navire transparent…

– Vite, il s'agit d'un esquif de glace… Il sera assez solide pour te soutenir, mais la chaleur de ton corps va le faire fondre rapidement. Nous n'avons donc pas beaucoup de temps pour nous rendre à destination.

Celtina sauta à bord et, par le pouvoir de sa pensée, Manannân dirigea le bateau glacé vers le large. La jeune fille aperçut soudain une vaste étendue blanche où s'ébattaient quatre cygnes.

– Mais… pourquoi avoir percé ce trou au milieu des eaux? s'étonna-t-elle.

– Parce qu'il s'agit de la plus belle plaine fleurie de mon domaine. Regarde toutes ces algues colorées, ce corail rouge et noir, ces magnifiques poissons argentés…

Celtina esquissa une grimace; elle était maintenant à peu près sûre que son remède ne pourrait pas rendre leur forme aux enfants de Lyr, car sa recette médicinale ne prévoyait pas du tout que le lait serait additionné d'eau de mer. Cependant, pour ne pas blesser l'orgueil du maître d'Arran, elle ne lui dit rien et se contenta d'accuser son manque d'expérience pour justifier l'échec de la métamorphose.

– Hum! je pense que je ne suis pas parvenue à rendre forme humaine à tes frères, fit-elle en voyant les pauvres cygnes, tout mouillés, incapables de s'envoler. Allons les repêcher et mettons-les au sec sur ton île. Je te promets que lorsque je serai plus âgée et que mes pouvoirs se seront développés, je m'y emploierai de toute mon âme et de toutes mes forces.

Sous l'effet de la tristesse qu'il ressentait, les yeux de Manannân laissèrent écouler des torrents de larmes qui vinrent grossir les flots. Ce que constatant, le fils de l'océan se hâta, après avoir repêché ses trois frères et sa sœur, de mettre le cap sur la terre ferme.

– Manannân… je dois te demander quelque chose! lança brusquement Celtina en regardant le ciel avec inquiétude.

– Que puis-je pour toi?

– J'avais demandé que tu creuses le trou à la pleine lune et…

– Et nous sommes à la pleine lune! Tu t'es reposée tellement longtemps que tu n'as pas vu le temps passer, expliqua le vieillard, une lueur malicieuse au fond de ses prunelles bleu de mer.

– Oh ! malheur ! cria la jeune prêtresse, effondrée. J'ai donné rendez-vous à Arzhel à Gwened, et je n'y serai pas ! Ma famille, je ne pourrai jamais la secourir !

Celtina tremblait de tous ses membres, pourtant ce n'était pas de froid, mais plutôt de chagrin.

– Ne t'inquiète pas, jeune fille, tu dois vivre de nombreuses expériences pour forger ton caractère, ta volonté et ton courage. Mais je vais t'aider… Attends-moi devant Emhain.

Manannân pénétra dans sa forteresse d'eau. Quelques secondes plus tard, il en ressortit. Il portait deux lances, trois épées, une armure et tenait un magnifique cheval blanc par la bride.

– Mes lances, la Jaune et la Rouge, sauront te protéger pendant ton sommeil. Tu n'auras qu'à les invoquer pour qu'elles se croisent devant toi et forment un barrage infranchissable. Personne ne pourra t'attaquer par surprise. Mes épées la Riposteuse, la Grande Furie et la Petite Furie, t'aideront à vaincre tes ennemis s'ils te défient en combat singulier. La première rendra coup pour coup, la seconde pourra fendre les plus solides armures, et la troisième pourra t'aider à fuir, en te taillant un passage entre les lianes et les branches inextricables des forêts. L'armure magique te protégera des flèches. Et finalement Rhiannon, ma jument, t'emmènera plus vite que le vent par les sentiers les plus pierreux et dangereux.

– C'est fantastique, je veillerai à les utiliser aussi dignement qu'ils le méritent…

– Toutefois…, insista le vieillard, tu dois savoir que tu ne pourras faire appel à eux qu'une seule fois ! Tu devras donc bien évaluer le danger pour ne pas t'en servir à mauvais escient.

– C'est promis !

– Un dernier conseil. Méfie-toi ! Macha la noire te surveille depuis que tu as quitté Mona et elle multiplie les pièges sur ton chemin…

– Macha ! s'exclama Celtina. C'est donc cette sorcière qui cherche à me détourner de mon chemin. Pourquoi me déteste-t-elle ainsi ?

– Elle déteste tout le monde… Elle veut le pouvoir pour elle seule ! Je ne peux rien te donner pour te protéger de ses mauvaises actions, tu dois trouver en toi les meilleures façons de la combattre…

– Merci, Manannân ! Je serai très prudente. Il faut maintenant que tu m'indiques le chemin pour me rendre à Gwened, en espérant qu'Arzhel m'y attendra encore avec l'armée de son père.

La jeune fille avait à peine terminé sa phrase qu'un tourbillon à la surface de l'eau lui fit tourner les yeux vers la plage de galets. Elle vit se dresser un magnifique cheval de mer, harnaché d'or et de pierreries.

– Morvach t'accompagnera chaque fois que tu auras besoin de te déplacer sur l'eau... Tu n'auras qu'à prononcer son nom pour qu'il apparaisse. Tu pourras faire appel à lui aussi souvent que nécessaire. Bon voyage !

Manannân tourbillonna sur lui-même, puis s'éleva vers le ciel dans une longue colonne d'eau qui se transforma ensuite en nuage cotonneux. Celtina enfourcha Morvach qui l'emmena à travers le bras de mer vers la terre de Celtie.

Chapitre 6

Lorsqu'il arriva au camp romain d'Aquae Sextiae, le centurion Cornelius Lucius Aulus sut que son long périple était enfin terminé. Il pourrait se reposer en attendant sa nouvelle nomination. Depuis deux ans qu'il n'était pas rentré chez lui, à Rome, il espérait que ses prisonniers lui fourniraient assez d'argent pour acheter du temps afin de revoir sa femme et ses deux enfants. Il allait sûrement en tirer un bon prix.

Ses hommes se dispersèrent dans le camp pour retrouver des connaissances ou de la parenté. De son côté, il fit enfermer les Celtes dans des cages de bois gardées jour et nuit. Puis il se mit en quête du marchand grec qui hantait souvent le camp à la recherche de chair fraîche. Le centurion dénicha Kyros Mikaélidès en train de jouer aux dés et de boire du vin avec quelques autres négociants. Le marchand d'esclaves était un petit homme bien en chair, presque chauve, qui ne cessait de s'essuyer le front avec un pan de sa tunique d'une propreté douteuse.

– Alors, Cornelius Lucius, qu'as-tu de bon cette fois ? lança le marchand sans même lever les yeux sur lui.

Une bouffée d'ail et de fromage suri parvint aux narines du centurion. Comme de coutume, Mikaélidès venait de faire un plantureux repas, songea le soldat dont le propre estomac gargouillait de faim.

– Du bon, Mikaélidès, rien que du bon, comme toujours ! lança le centurion en prenant place sur un tabouret de bois pour se joindre aux joueurs de dés.

Le soldat fit signe au tavernier de lui apporter du vin, des olives et du fromage, mais le marchand ne lui laissa pas le temps d'entamer son festin.

– Bien… avant que tu essaies de me faire perdre toutes mes drachmes* au jeu, allons voir ta marchandise, fit le Grec en ramassant monnaies grecque et romaine mélangées.

Le centurion poussa un soupir dépité ; il aurait au moins aimé manger un peu et jouer une partie, mais il savait qu'il gagnerait beaucoup plus en vendant ses prisonniers.

Ils se dirigèrent vers les cages de bois. Cornelius Lucius Aulus fit signe aux gardiens de les ouvrir pour en sortir les prisonniers. Ils étaient une trentaine, la plupart du Clan du Héron.

Le marchand d'esclaves jeta à peine un coup d'œil sur les Celtes.

– Pas grand-chose de bon! commença-t-il en faisant la grimace.

Le centurion savait que c'était la façon dont Mikaélidès amorçait toujours le marchandage. Il entra aussitôt dans le jeu.

– Comment, pas grand-chose de bon? As-tu bien regardé ces valeureux combattants, bien nourris, musclés, en excellente forme? demanda-t-il en désignant une demi-douzaine d'adolescents celtes qui avaient participé à la défense de Barlen.

– Des enfants! Que veux-tu que je fasse avec des enfants! s'exclama le marchand, dont les yeux brillaient de convoitise. Ils valent tout au plus un auréus* la douzaine!

– Tu me voles, marchand! s'écria le centurion. Deux auréus et je t'en donne dix, plus la femme et l'enfant que tu vois là.

Les yeux du marchand se tournèrent vers Banshee et Caradoc. Le petit garçon dormait sur les genoux de sa mère, dans une cage où étaient enfermées une dizaine de femmes avec leurs enfants.

L'acheteur fit la moue. Il faisait semblant d'hésiter, car l'affaire était bonne. Il pourrait sûrement obtenir de quinze à vingt deniers (un peu moins d'un auréus) pour la femme et l'enfant seulement, à Massalia. Il connaissait déjà un acheteur potentiel. Et deux fois plus en ajoutant la dizaine de jeunes guerriers au lot.

– Marché conclu! lança-t-il brusquement en se détournant.

Il venait d'apercevoir Gwenfallon et deux artisans costauds, enfermés à l'écart des autres. *Magnifiques!* songea-t-il. *Voilà trois solides gaillards que je pourrais entraîner à devenir gladiateurs... Avec eux, je pourrais gagner des milliers de sesterces à chaque combat!*

Cornelius Lucius Aulus esquissa un sourire. C'était maintenant que les choses sérieuses allaient commencer. Encore une fois, le Grec passa un pan de sa tunique sur son crâne chauve. En ce début d'octobre, il était vrai que la température était encore élevée dans la ville. *Mais quand même*, pensa le centurion, *il ne fait pas si chaud que ça. Mon client est appâté... Comme je te connais bien maintenant, Kyros!*

Le centurion décida de faire grimper les enchères.

– De belles bêtes, n'est-ce pas, cher Kyros? Allez, comme tu es mon ami, je te les offre pour huit auréus.

– Comme tu vas là! lança le marchand, fébrile. Je ne les paie pas plus de quatre!

Gwenfallon et les deux artisans celtes écoutaient l'échange sans émotion. Ils savaient ce qui les attendait depuis qu'ils avaient mis le pied à Aquae Sextiae.

– Kyros, mon ami! Me prends-tu pour un idiot? Tu pourrais gagner dix fois plus que cela en un seul combat... Si tu ne les prends pas, je pourrai les vendre au moins neuf auréus à un autre négociant qui sera trop heureux de profiter de l'aubaine...

Le marchand grec s'appuya contre la cage de bois. C'était surtout Gwenfallon qui le fascinait. Il n'avait pas vu un tel colosse depuis des lustres.

— Toi, le Celte, l'interpella-t-il, quel est ton métier ?

— Forgeron, répondit Gwenfallon en fixant le marchand directement dans les yeux.

— Ma foi, belle prise, se dit Mikaélidès à haute voix. Un forgeron celte... presque un demi-dieu pour ces barbares.

— Alors, tu te décides, Kyros ? le pressa le centurion. Sinon j'appelle tes concurrents. Je t'ai donné la priorité sur ma marchandise, mais il ne faut pas abuser de ma patience !

— Conclu ! murmura le marchand en tendant la main à Cornelius Lucius.

— Tu ne le regretteras pas ! Il est fort comme un taureau, agile comme une gazelle et hargneux comme un lion...

Le lendemain, Kyros Mikaélidès dirigea sa troupe d'esclaves vers le marché de Massalia. Son frère, Stavros, se chargeait des trois artisans recrutés comme gladiateurs. Il les emmenait à leur camp d'entraînement dans une villa que les deux Grecs possédaient à une demi-heure de route d'Aquae Sextiae. Gwenfallon n'avait pu embrasser une dernière fois sa femme et son jeune fils. Il leur avait simplement fait un signe de la main, tandis que la colonne d'esclaves quittait la ville. Caradoc pleurait, mais Banshee cherchait à le rassurer en chantant à voix basse les exploits des héros celtes.

Les mains attachées derrière le dos, les pieds déchirés et ensanglantés par les pierres de la route, Caradoc accroché à sa jupe, Banshee avançait sans une plainte. Le fouet du marchand d'esclaves s'abattit sur l'échine d'une femme qui ne marchait pas assez vite à son goût. Elle hurla. Mikaélidès avait hâte de revendre sa marchandise à Massalia et de revenir dans sa villa pour surveiller l'entraînement de ses nouveaux gladiateurs. Il faisait aller sa troupe à grands pas.

Les esclaves arrivèrent à Massalia en début d'après-midi, complètement exténués. Ils avaient franchi les vingt millariums* de voies romaines en quelques heures, au pas cadencé et sous les coups de fouet qui pleuvaient pour les faire avancer plus vite.

Aussitôt, Kyros Mikaélidès les fit pénétrer dans la cour carrée d'une maison de négoce qu'il possédait en ville. Il sépara les hommes des femmes et des enfants et enferma tout le monde dans des cellules de pierre aux longs et épais barreaux de fer. Puis il alla prendre son repas, sans rien faire servir à ses prisonniers. Il envoya son jeune fils prévenir son client potentiel, le valeureux Titus Ninus Virius. L'ancien soldat romain était venu spécialement de Toscane afin de dénicher des esclaves pour le servir dans sa nouvelle villa, obtenue après des années de bons et loyaux services dans la légion. Les esclaves celtes étaient renommés pour leur endurance et leur ardeur au travail.

Titus Ninus Virius se pointa chez le marchand grec tout juste après le repas. Il ne fallut guère de temps aux deux hommes pour s'entendre. Le Romain acheta trois adolescents qu'il destinait aux travaux des champs, et trois femmes, dont Banshee, pour le servir dans sa résidence. Il hésitait à s'encombrer de Caradoc.

– Que veux-tu que je fasse d'un gamin de quatre ans?

– Il n'aura pas toujours cet âge, insista Mikaélidès. Dans deux ans tout au plus, tu pourras l'envoyer travailler dans tes champs ou ton oliveraie.

– Ah oui, dans deux ans! Et qui va le nourrir pendant ce temps? Toi, peut-être? Non, garde-le, je ne saurais qu'en faire.

C'est alors que le regard de Titus Ninus croisa celui de Banshee. Le vert émeraude de ses yeux le transperça comme une flèche. Il en ressentit comme un malaise.

– Qu'as-tu à dire, femme? s'étonna de demander le Romain.

– Tu as tout intérêt à accepter aussi mon enfant, Romain, sinon je vais te mener la vie dure…

Le marchand leva son fouet.

– Tu oses menacer ton maître!… cria Mikaélidès.

Le Romain détourna le bras du négociant d'esclaves.

– Ne touche pas à ma marchandise! gronda-t-il.

Encore une fois, Titus Ninus plongea son regard dans celui de la femme celte. Il avait l'impression qu'elle pouvait lire dans ses entrailles. Mikaélidès haussa les épaules et fit tinter ses auréus au creux de sa main.

L'acheteur romain comprit que Banshee, séparée de son fils, ne ferait rien qui vaille. Il serait sans cesse en train de la corriger. Il n'était pas homme à maltraiter ses esclaves. Il répugnait à les punir inutilement.

– C'est bon, je prends aussi le gamin! lâcha-t-il en déposant les cent sesterces que le Grec en exigeait dans la main tendue de ce dernier.

Après avoir acheté ses nouveaux serviteurs, le Romain les sépara des autres et leur fit porter de la nourriture. Il voulait des esclaves en bonne santé.

Quelques jours plus tard, Titus Ninus Virius fit grimper tous ses domestiques dans une charrette et lui-même se hissa sur son cheval. Il serait leur seule escorte. La troupe devait franchir les Alpes avant que la mauvaise saison ne s'installe et ne rende le trajet plus périlleux.

En avançant, l'homme sentait peser sur sa nuque les yeux verts de la femme qui avait dit s'appeler Banshee. Elle lui faisait une drôle d'impression. Il songea qu'il aurait peut-être dû la laisser, avec son fils, à Massalia. Il était sûr qu'elle allait lui attirer des ennuis.

Une bourrasque de neige vint frapper son visage. L'hiver avait surgi de nulle part. Le Romain se retourna... La charrette avançait lentement derrière lui, mais aucun flocon ne semblait l'atteindre. Titus Ninus fronça les sourcils, mais ne fit aucun commentaire. Il continua son chemin. Cette fois, la neige tombait plus dru... l'aveuglant presque et faisant faire des écarts à son cheval. Pourtant, la charrette semblait toujours épargnée. Pas un flocon ne s'y posait.

Quelle est cette magie? s'interrogea l'ancien légionnaire. *Nous sommes encore loin des montagnes et la mauvaise saison ne devrait pas encore être arrivée.*

En tant que militaire, Titus Ninus avait été en poste pendant de nombreuses années dans les pays de la frontière nord, en Germanie, aux limites de la Scandinavie et par la suite en Gaule. Il n'avait jamais été témoin d'un tel phénomène.

Il n'osait plus se retourner, car il ne voulait pas que ses prisonniers devinent sa peur.

Dans la charrette, Banshee, les yeux levés au ciel, se concentrait sur les nuages. Ses lèvres prononçaient des mots silencieux. Ses deux compagnes et son fils s'étaient pelotonnés les uns contre les autres; leurs yeux brillaient d'espoir. Les trois adolescents, autrefois guerriers de Barlen, se tenaient à l'écart. Eux aussi avaient entendu courir certaines rumeurs sur les origines de la femme de Gwenfallon, mais c'était la première fois qu'ils la voyaient mettre sa science en application.

Celtina venait d'aborder la côte. Elle était en train de donner ses consignes à Morvach, le cheval de mer.

– Pour le moment, je vais continuer ma route à pied. Si j'ai besoin de toi, je t'appellerai. Manannân dit que tu peux autant chevaucher sur la mer que sur les lacs et les rivières, tu me seras très utile, donc reste à portée de mes appels.

Le cheval dodelina de la tête et s'enfonça dans les flots. Celtina se drapa de sa cape de laine pourpre. Elle avait froid. En levant les yeux au ciel, elle eut un pressentiment.

– Mère! souffla-t-elle en recueillant au creux de sa main un flocon de neige isolé qui voltigeait devant ses yeux.

Ses grands yeux se mouillèrent de larmes de découragement et de tristesse. Reverrait-elle un jour sa famille ? Elle ouvrit la main ; le minuscule cristal de glace n'avait pas fondu. Celtina sut alors que sa famille était saine et sauve. Tant que le cristal de glace demeurerait solide, elle n'avait rien à craindre pour ses parents et son frère. C'était le message que sa mère avait réussi à lui faire parvenir. Grâce à ce signe, l'adolescente comprit aussi que Banshee lui annonçait qu'elle était prisonnière. Car, selon les croyances de sa tribu, le soleil devenait prisonnier de Samhain, l'hiver, une fois la saison froide venue.

Celtina frissonna. Ainsi, l'hiver était précoce cette année. Elle glissa le cristal de glace dans son sac et reprit sa route. Elle devait se rendre à Gwened ; peut-être aurait-elle la chance qu'Arzhel l'y attende encore, malgré son retard.

Chapitre 7

Celtina avançait lentement, perdue dans ses pensées. Au début, elle ne fit pas tellement attention au paysage. Mais, après quelques minutes de marche, elle constata que tout était démesurément grand sur cette terre mystérieuse qu'elle avait abordée. Elle ne reconnaissait rien de son pays natal. Les arbres avaient des troncs d'une grosseur jamais vue. Les feuilles qui pendaient des énormes branches étaient presque de la même taille qu'elle. La prêtresse se demanda comment il était possible que tout soit aussi grand par ici. L'air était saturé d'humidité; sa robe de lin collait à sa peau et la sueur perlait sur son front.

Elle avança plus lentement, car la forêt grouillait de bruits inconnus. Un craquement la fit se retourner. Elle eut juste le temps de se glisser derrière un vieux tronc de chêne noirci, sans doute abattu par la foudre. Cinq ou six gigantesques fourmis arrivaient en ordre de bataille. Elle entendait cliqueter leur carapace, et leurs pattes résonnaient comme des talons de bottes sur le sol. Les antennes des insectes vibraient avec frénésie. Avaient-elles repéré

Celtina? Cette dernière se fit toute petite derrière l'arbre, espérant échapper à la vigilance des fourmis. L'insecte de tête tourna ses gros yeux globuleux dans sa direction. Celtina frissonna. Ce n'était sûrement que l'avant-garde d'une fantastique armée. Malgré tout son savoir, la jeune fille comprit qu'elle n'était pas de taille à affronter de tels monstres. Elle devait s'enfuir sans tarder. Elle recula doucement pour ne pas attirer l'attention. Toujours à reculons, elle s'éloigna le plus possible des fourmis. Jugeant qu'elle était suffisamment loin, elle allait prendre ses jambes à son cou lorsque déboulèrent deux monstrueux chevaux gris. Leurs sabots battaient la terre et faisaient voler des mottes de glaise à chaque pas. Ombrageux et fiers, ils écrasaient tout sur leur passage, se souciant peu des dégâts qu'ils causaient. Leur hennissement lui fit dresser les cheveux sur la tête. Celtina regarda tout autour d'elle. Par où fuir? Quel était ce monde étrange où tout était démesuré? Elle ne voulait pas faire appel à sa magie druidique tant qu'elle ne savait pas exactement où elle était. Elle se faufila entre des fougères colossales. Les plantes lui coupaient le visage et les mains, mais elle s'en moquait. Elle voulait à tout prix retrouver la côte pour appeler Morvach et quitter cet endroit au plus vite.

Finalement, l'adolescente arriva près d'un rocher dont les pentes plongeaient dans les eaux profondes d'une rivière. Elle s'arrêta et se concentra sur les mots que le cheval de mer lui avait demandé de prononcer pour le faire accourir : « Cheval de mer – coursier de lumière – fier messager de Manannân – toi, le rapide étalon des fleuves et des lacs – viens me chercher, Morvach. »

En se penchant au-dessus de l'eau, Celtina découvrit un large trou. L'eau se mit à bouillonner. Le cœur de la jeune fille s'emballa ; elle avait hâte d'enfourcher son destrier* magique. Mais son soulagement fut de courte durée. Une tête hideuse se profila entre deux eaux. La prêtresse fit un bond en arrière, saisie d'horreur. Un corps verdâtre couvert d'épines émergea. Puis ce furent six pattes aux griffes puissantes qui écorchèrent l'eau, tandis que la bête se hissait sur un rocher. Sa queue de serpent recouverte d'écailles fouetta l'air. Jamais Celtina n'avait vu une telle créature, ni n'en avait entendu parler. L'animal était moitié dragon, moitié poisson. Lorsqu'il ouvrit la gueule pour gronder, une bave immonde, gluante et verte, s'en échappa. Ses dents étaient affûtées comme des poignards et longues comme les cornes de Cernunos, le cerf blanc. Sa carapace tombait sur ses flancs, lui procurant deux épais boucliers. L'adolescente tomba à la renverse ; l'horreur la paralysait. Puis toute sa concentration se porta sur Morvach : *Pourvu que le brave hippocampe n'apparaisse* *pas, le monstre n'en ferait qu'une bouchée!* Elle canalisa toute son énergie pour tenter de communiquer avec lui par la pensée. Malgré sa peur, elle devait descendre en elle-même et ne pas se préoccuper de la bête infâme. *Morvach, destrier des rivières et des lacs, reste dans le monde magique, surtout ne viens pas!* Elle espéra que l'avertissement était parvenu à son destinataire; elle ne pouvait faire plus.

Lorsque Celtina rouvrit les yeux, le monstre n'était plus sur le rocher. La panique l'envahit; elle regarda tout autour d'elle. Il lui semblait l'entendre juste dans son dos. Elle pivota sur ses talons. Mais non, il n'y avait rien. Elle avança prudemment sur la plage de galets au bord de la rivière; elle découvrit alors des traces énormes incrustées dans le sable entre les pierres plates. Détournant les yeux, elle aperçut un étroit défilé entre deux falaises de roc. Les traces partaient dans cette direction. Malgré sa peur, sa curiosité la poussa à les suivre.

Après une longue marche, Celtina perçut des rugissements et des hennissements. Se cachant derrière un tronc d'arbre, elle vit le monstre qui dévorait l'un de ces énormes chevaux qu'elle avait déjà croisés. Elle ne put retenir un cri d'effroi. La tête du monstre pivota aussitôt pour la regarder. Il se rua vers elle. Heureusement, sa taille et son poids ne lui permettaient pas de se déplacer trop rapidement. Mais la prêtresse savait qu'elle ne parviendrait pas à lui échapper longtemps. La bête devait avoir plus de résistance qu'elle. Malgré tout, Celtina se mit à courir aussi vite que ses jambes le lui permettaient. Sa fuite et sa crainte l'empêchaient de rentrer en elle pour se métamorphoser en monstre tout aussi puissant que son adversaire.

Elle sentit alors l'haleine pestilentielle de la bête dans son cou, même si l'animal était encore à plusieurs coudées. Le souffle dégageait l'odeur fétide de cadavres en décomposition. Deux énormes arbres qui se trouvaient sur le passage du monstre valsèrent en morceaux, coupés net par les écailles de la queue de serpent. Celtina ne savait que faire. Elle se retourna pour faire face à son adversaire, car sa geis lui interdisait de tourner le dos à la mort. Alors qu'elle s'attendait à finir sous les dents carnassières de la créature fabuleuse, elle sentit quelque chose la tirer en arrière par un pan de sa robe. Un bras sortant par un trou dans la falaise essayait de l'entraîner dans une caverne assez grande pour elle, mais trop petite pour laisser passer le monstre. Elle s'y précipita sans réfléchir. Il était temps. La bête se jeta contre la grotte. La jeune fille entendit ses griffes qui crissaient contre la pierre et un grondement rageur.

Son sauveur était un homme d'une bonne trentaine d'années. Celtina songea qu'il ressemblait étrangement à son père, Gwenfallon, et elle éprouva une grande tristesse en pensant à sa famille. Mais elle réprima rapidement sa peine; ce n'était pas le moment de se laisser aller.

— Qui es-tu? s'étonna l'homme de la caverne en la poussant un peu plus au fond de la cavité où un feu brillait.

L'adolescente le dévisagea. L'homme était hirsute. Ses cheveux jaune paille rejoignaient sa barbe. Il portait des haillons. Elle remarqua qu'il lui manquait un bras. Dans un coin de la grotte, elle aperçut une épée ébréchée et un bouclier cabossé, un sac avec quelques vêtements tout aussi abîmés que ceux qu'il portait.

— Et toi, qui es-tu? lui retourna-t-elle en déposant sa cape pourpre pour s'asseoir dessus. Que fais-tu tout seul ici?

— Gudwal, compagnon de Brian, se présenta l'homme. Mes amis sont repartis, me laissant pour mort. Mais j'ai survécu à l'attaque de la Tarasque. Depuis, je tente par tous les moyens de la tuer…

— La Tarasque? fit Celtina.

— C'est ainsi que se nomme cette bête. Elle commet ses méfaits au bord du fleuve, mais aussi dans les bois et les marécages. Ce dragon se cache dans un trou, sous les eaux. Lorsque Brian et ses dix-sept compagnons, dont je faisais partie, ont abordé dans cette île, nous avons été lâchement attaqués. Plusieurs de mes amis sont morts, et j'ai été gravement blessé. Brian et quelques-uns ont réussi à remonter dans leur bateau pour s'enfuir.

– Ils t'ont abandonné aux griffes du monstre? s'indigna Celtina.

– Ils ont sans doute cru que j'avais perdu la vie.

– Qu'étiez-vous venus faire ici? Moi, je me suis égarée, mais vous? Tu sembles dire que vous avez abordé ici volontairement.

– En fait, depuis que Brian et ses frères ont tué Cian, le père du dieu Lug, tout va de mal en pis pour nous. Lug leur a imposé huit épreuves. Nous nous sommes rendus au Jardin du Soleil pour y voler trois pommes. Ensuite, en Grèce, nous avons réussi, grâce à notre ruse, à obtenir une peau de porc qui donne la guérison. Mais, en faisant route pour notre troisième épreuve qui devait nous amener chez le roi de Perse afin de lui prendre sa lance empoisonnée, nous nous sommes arrêtés ici pour nous reposer. Ce fut une fatale erreur…

– Tu n'as donc aucune nouvelle de tes compagnons. Tu ne sais pas s'ils ont réussi ou non les épreuves imposées par Lug?

– Non, je n'en sais rien et ça me désole! Mais, toi, parle-moi de toi! Pourquoi as-tu échoué ici?

Celtina décida de ne lui raconter que l'attaque de Barlen. Elle ne dit rien de ses études de prêtresse, ni de ses aventures dans le marais avec les cygnes, ni dans l'île d'Arran. Elle ne connaissait pas suffisamment ce Gudwal pour lui accorder sa confiance.

— Je me rendais à Gwened par la mer pour rejoindre un ami, mais mon bateau s'est perdu dans le brouillard. Nous avons fait naufrage et j'ai réussi à gagner la côte de ce pays à la nage. Je ne sais pas si d'autres membres de l'équipage ont survécu, inventa Celtina.

— Tu peux rester ici aussi longtemps qu'il te plaira, lui assura Gudwal. Je te protégerai de la Tarasque. Je peux te faire un lit de paille et te donner de la nourriture.

— Merci. En échange, je vais m'occuper de tes vêtements. Ils ont besoin d'un bon rapiéçage et de lavage, fit la jeune prêtresse en désignant le tas de vêtements déchiquetés.

— Surtout, ne lave pas de vêtements dans le fleuve, la bête te happerait, la prévint l'homme. Reste ici, je vais sortir pour repérer où elle se cache en ce moment, ça nous évitera de mauvaises surprises.

Une fois l'homme dehors, Celtina s'empara du sac de ce dernier, en tira deux braies et une tunique. Puis elle se glissa hors de la caverne. Elle se dirigea vers le pied du rocher où elle avait vu la Tarasque pour la première fois. Elle mit les vêtements dans l'eau, les battit et se mit à les tordre. Elle faisait le plus de bruit et de remous possible pour alerter l'animal maléfique.

Il fallut peu de temps pour que l'eau commence à bouillonner. La berge trembla, le vent hurla dans les roseaux… L'odeur pestilentielle de la bête envahit l'atmosphère. Une tête hideuse se dressa au-dessus des flots. L'aube blanche de Celtina fut rapidement trempée. Alors, une voix caverneuse tonitrua :

– Qui es-tu, effrontée ?

– Je m'appelle Celtina. Je viens du pays des Celtes, au-delà des mers.

– Tu n'as pas peur de moi ? continua la bête en ouvrant une gueule dégoulinante de bave.

– Pourquoi devrais-je avoir peur ? Qui es-tu, d'ailleurs ?

– Les hommes m'appellent la Tarasque. Je suis si laide que personne ne peut supporter de me regarder. Mon haleine est si nauséabonde que personne ne peut respirer en ma présence…

– Ah oui ? Eh bien, moi, mes yeux te voient. Ta laideur ne réussit pas à m'aveugler. Mon nez respire ton odeur et je n'en suis pas asphyxiée, répliqua Celtina en continuant tranquillement à laver le linge.

La Tarasque se rapprocha, menaçante et boueuse. Son corps couvert d'écailles ruisselait d'herbes visqueuses. La jeune prêtresse, sans perdre son calme, darda son regard vert sur la bête et l'éclaboussa en projetant quelques gouttes d'eau claire dans sa direction.

– Attention ! Tu vas salir ces vêtements…, fit-elle.

Alors, la créature s'immobilisa, figée par le regard et les éclaboussures, comme pétrifiée.

– Pauvre bête ! Personne ne t'écoute et tous te maltraitent, fit alors Celtina d'une voix douce. Tiens, assieds-toi ici, près de moi, et raconte-moi ta vie. Tu sais, moi aussi j'ai vécu des moments difficiles, dans mon pays et sur la mer…

À ces mots, l'animal fabuleux parut reprendre vie. Ses yeux rouges se mouillèrent de quelques larmes verdâtres. La Tarasque s'installa sur la plage de galets, non loin de Celtina.

– Que t'est-il arrivé dans ton pays ? l'interrogea la bête.

Celtina commença alors à raconter sa vie à Mona, sa fuite devant l'arrivée imminente des Romains. Elle décrivit la terrible vision de son village brûlé. Elle raconta aussi l'étrange prophétie de Katell, sa nourrice aveugle. Elle parla de son amour pour ses parents et pour Maève, de son amitié pour Arzhel et pour ses compagnons de Mona et, surtout, elle parla d'espérance, celle de revoir sa famille saine et sauve. Elle parla tant et si bien que la bête finit par s'endormir auprès d'elle. Alors, l'adolescente entreprit de nettoyer les écailles du monstre qui étaient noires de boue. C'est à ce moment-là que surgit Gudwal ; il brandissait son épée.

– Non! Je t'en prie, protesta Celtina. Elle n'est plus méchante…

Mais Gudwal avait perdu tant d'amis sous les griffes de cet animal qu'il n'écouta pas et il plongea son épée entre les deux carapaces qui protégeaient les flancs de la bête endormie. Il lui transperça le cœur.

La Tarasque se réveilla. Son regard n'était plus glauque, mais clair et lumineux. Son haleine était beaucoup plus fraîche. Dans un dernier soupir, elle trouva encore la force de dire:

– Merci de m'avoir délivrée du sortilège qui m'accablait. La méchante sorcière Macha m'avait condamnée à terroriser cette terre parce qu'elle ne supportait pas ma beauté. Autrefois, j'étais une jeune fée qui habitait au bord d'une source dans le Val d'Orgueil. Mais elle a fait de moi un monstre. Merci à vous deux!

Et la bête expira.

Celtina lui caressa la tête; elle avait les larmes aux yeux.

– Comment allons-nous faire maintenant pour quitter cette île? cria-t-elle à Gudwal, ne pouvant cacher son désespoir et sa peine. Morvach, mon cheval de mer, ne pourra pas nous transporter tous les deux. Je comptais demander à la Tarasque de nous prendre sur son dos pour nous faire quitter cet endroit. Maintenant que tu l'as tuée…

– Morvach ? s'étonna Gudwal. Je croyais que tu t'étais échouée ici après un naufrage. Tu m'as menti !

– Oui, je t'ai menti. Et je vois que j'avais raison de ne pas t'accorder toute ma confiance, car tu as tué la Tarasque alors qu'elle était redevenue inoffensive et que je te demandais de l'épargner.

– Je suis désolé, fit Gudwal en grimaçant. Tu as raison, je ne mérite pas que tu m'aides. Va-t'en, quitte cette île toute seule, sauve ta vie, mais promets-moi une chose… Quand tu auras regagné la Celtie, préviens Brian ou ses frères de ma présence ici. Que quelqu'un revienne me chercher… Je ne mérite pas de dépérir ici dans la solitude.

– C'est entendu. J'essaierai de retrouver quelques-uns de tes compagnons pour les envoyer à ton secours ! Tu peux compter sur moi, je ne t'oublierai pas.

Puis Celtina s'approcha des eaux et appela le cheval de mer. Une vague blanche déferla vers elle. L'écume se transforma aussitôt en hippocampe géant. Gudwal l'aida à se hisser sur sa monture et ils se séparèrent sur un dernier signe de la main.

Chapitre 8

Voilà déjà plusieurs heures que Celtina et Morvach chevauchaient l'écume des vagues. La jeune prêtresse avait l'impression qu'ils tournaient en rond.

– Morvach, pourquoi ne me ramènes-tu pas chez moi? Tu es un cheval du monde magique, tu devrais pouvoir trouver ton chemin sans problème!

– Je viens effectivement du Síd, mais c'est à toi de me diriger. Je peux assurer ta sécurité sur l'eau, te déposer là où tu le demandes, mais ce n'est pas moi qui choisis le chemin que nous allons emprunter. Tu dois surmonter plusieurs épreuves avant de retrouver ton pays. C'est ainsi que tu pourras devenir forte et puissante!

– C'est bien! Continuons! Tu me débarqueras à la prochaine terre en vue.

Celtina était un peu découragée, mais elle ne pouvait rien changer à sa situation. Elle devait suivre les traces de son destin. Elle s'accrocha plus fermement au cou du cheval de mer et s'assoupit.

La voix de Morvach la réveilla:

– Voici une île. Veux-tu la visiter?

– Pourquoi pas! Penche-toi que je descende.

Elle passa par-dessus l'encolure de l'hippocampe et atterrit sur un épais tapis d'algues, sur une plage inconnue. La particularité de cette île intrigua Celtina. Elle semblait de forme parfaitement circulaire, divisée en deux par une large rivière.

– Appelle-moi si tu as besoin d'aide! lui recommanda Morvach. Je t'attends dans cette crique!

L'hippocampe s'éloigna rapidement en faisant vibrer ses nageoires.

Sa rencontre avec la Tarasque avait appris à Celtina à se montrer prudente en foulant le sol d'une terre qu'elle ne connaissait pas. Elle avançait en jetant de fréquents coups d'œil autour d'elle, se tenant prête à fuir vers la côte pour y retrouver Morvach. L'île semblait déserte. L'adolescente s'approcha de la rivière, se pencha pour boire dans le creux de ses mains. Mais à peine eut-elle touché l'eau que celle-ci se souleva en une étonnante voûte, faisant apparaître un passage de sable doré. Celtina hésita, puis, voyant que la voûte s'affaissait et allait refermer le chemin, elle se décida à avancer.

Elle marcha peu de temps et arriva devant deux montagnes de verre étincelant. Les monts oscillaient sur leur base et se touchaient en leur sommet. La jeune fille aperçut un passage d'eau entre les deux. Un bateau attendait. Elle se retourna. Le sentier par lequel elle était venue avait maintenant disparu. Elle n'avait plus d'autre choix que de monter dans la barque. Aussitôt qu'elle eut embarqué, les voiles du bateau se hissèrent et l'embarcation s'engagea dans le passage entre les montagnes. Celtina entendit les parois de verre qui craquaient, remuaient et grinçaient. Elle tremblait à l'idée que tout s'écroulât sur elle. Les montagnes se refermèrent derrière la barque dans un effroyable fracas. Alors, une forteresse de cristal se dressa devant elle. Le bateau vint se ranger contre un quai et les voiles s'affalèrent. L'adolescente descendit; elle était inquiète, mais ne se sentait pas menacée. Le pont-levis s'abaissa et sept jeunes femmes aux longs cheveux blonds et d'une beauté sublime s'avancèrent vers elle. Celle de tête prit la parole. Celtina remarqua qu'elle avait la peau si pâle qu'elle était presque transparente.

– Sois la bienvenue dans notre modeste demeure. Nous sommes les châtelaines de la Forteresse des Barques, on nous surnomme les Marimorganes. N'aie aucune crainte, tu seras en sécurité ici!

– Je suis Celtina, du Clan du Héron, se présenta à son tour la jeune prêtresse.

– Voici mes sœurs: Moronoé, Gliten, Glitona, Tyronoé, Thiten et Thiton et je me prénomme Morgon. Suis-moi!

Celtina se glissa derrière les sept jeunes femmes, admirant leur démarche souple, leurs vêtements vaporeux, le grain très fin de leur peau. Elles se ressemblaient étonnamment.

À peine la porte fut-elle franchie que Celtina se sentit glisser vers le bas. Elle fronça les sourcils. Elle se demanda si elle n'avait pas fait une erreur en suivant les jeunes femmes. Comme si elle lisait dans ses pensées, Morgon expliqua :

– Nous sommes une tribu de femmes seulement. Nous vivons dans la Forteresse, sous l'eau, et c'est là-bas que nous nous rendons. N'aie pas peur, nous ne te voulons aucun mal.

– Que me voulez-vous, pourquoi m'avoir attirée ici ? protesta l'adolescente.

– Nous t'offrons de rester avec nous. Tu es une fille et, ici, il n'y a que des femmes. Tu seras bien avec nous, tu ne courras plus aucun danger. Plus personne ne cherchera à te faire de mal…, murmura Moronoé.

Un grondement sourd détourna l'attention de Celtina. Elle regarda autour d'elle et vit de hautes falaises liquides de chaque côté de l'espèce de cage transparente qui la faisait descendre sous les flots.

– Pour que notre château soit visible en surface, il faut poser le fer ou le feu sur cette île, annonça Thiton, la plus jeune des sept sœurs. C'est la seule façon pour ceux qui nous cherchent de nous trouver. Mais nous sommes bien défendues et personne ne peut aborder sans notre consentement.

– Et que faites-vous ici? interrogea la prêtresse.

– Nous gardons cette Forteresse. Nous invitons parfois quelques jeunes hommes, car nous avons besoin de nous reproduire. Si nos enfants sont des garçons, ils repartent avec leur père… Si ce sont des filles, elles restent dans l'île pour poursuivre la tradition des Marimorganes, expliqua celle qui avait été présentée sous le nom de Tyronoé.

Celtina soupira. Décidément, elle avait été bien imprudente. Si les Marimorganes lui confiaient un tel secret, c'était sûrement parce qu'elles la condamnaient à rester sur cette île pour l'éternité et surtout à devenir l'une d'elles. Mais elle n'avait pas dit son dernier mot.

Les jeunes femmes la conduisirent dans une chambre de cristal. Tout y était immaculé: la peau d'ours polaire sur le lit, les fins voiles aux fenêtres, tandis que le lit et les meubles de verre reflétaient le blanc.

– Tu trouveras une nouvelle robe blanche et des sandales pour toi. Lave-toi, change-toi et viens nous rejoindre, nous n'attendons que toi pour commencer le banquet! lança Morgon avec un sourire énigmatique.

Un banquet! Par Rosmerta, déesse de l'Abondance, voilà qui tombe à pic! J'ai une faim de loup, se dit Celtina.

Puis un bruit d'eau attira son attention. En poussant une porte, elle découvrit une cascade tombant dans une énorme cuvette où elle pourrait s'immerger sans peine. Des pétales de fleurs flottaient à la surface. Elle ne se fit pas prier pour se plonger dans ce bain revigorant. Et, effectivement, toute trace de fatigue fut instantanément lavée. La jeune fille se sentait fraîche et reposée. Elle enfila donc la nouvelle robe et glissa ses vieux vêtements dans son sac. Il était hors de question qu'elle se sépare de ses effets personnels, ne serait-ce qu'un instant. Elle n'oubliait pas qu'elle y avait déposé ses trésors : la bague offerte par Maève et le flocon de cristal de neige envoyé par sa mère.

Finalement, Celtina sortit de sa chambre. Elle trouva Thiton devant la porte.

– Suis-moi ! Notre forteresse est immense, tu pourrais t'égarer dans nos nombreux passages…

Thiton la conduisit dans une grande salle. La prêtresse y admira des arbres blancs aux fleurs blanches, les tapis aux longs poils blancs, les coffres et les fauteuils recouverts de fourrure blanche, les cristaux et les miroirs qui réfléchissaient la lumière à l'infini. Deux très jeunes filles debout derrière les sept sœurs agitaient des éventails de plumes d'autruche immaculées. Sur la table, Celtina vit avec surprise que les mets étaient également blancs : œufs battus en neige, purée de panais, blancs de poulet… Aucune trace de couleur nulle part. Ce décor la mit mal à l'aise ; tout était trop parfait.

Tandis que la jeune fille prenait place à table, Morgon frappa dans ses mains.

Deux femmes vêtues de peau d'animal blanc apparurent. Elles traînaient derrière elles un prisonnier dont les chevilles et les poignets étaient entravés par des chaînes d'or. Celtina remarqua que le garçon était à peine plus âgé qu'elle. Elle allait protester lorsque l'adolescent releva la tête. Elle ne put retenir un cri. Elle le connaissait. Lui aussi avait dû fuir Mona deux lunes plus tôt ; il s'appelait Fierdad. Il était l'un des élèves druides parmi les plus talentueux.

– Nous avons choisi cet esclave pour toi, expliqua Morgon. Il a eu la témérité de venir rôder près de nos grottes de cristal. N'aie crainte, il t'obéira au doigt et à l'œil, nous lui avons donné un philtre* magique pour neutraliser ses désirs de rébellion et de fuite. Garçon, approche !

Fierdad se jeta aux pieds de Celtina. Il ne semblait pas la reconnaître. Morgon désigna une coupe de cristal, contenant un liquide laiteux…

– Il faut lui faire boire un peu de ce liquide une fois par jour pour le maintenir dans ses bonnes dispositions. Si tu oublies, il retrouvera toutes ses capacités et pourrait t'échapper.

– Je n'oublierai pas ! certifia Celtina.

Morgon appela ensuite des danseuses et des musiciennes pour venir égayer leur repas. Fierdad resta assis aux pieds de sa nouvelle maîtresse, comme un petit chien. La soirée s'étira. Celtina était rassasiée, mais elle avait hâte de se retrouver seule avec son esclave pour l'interroger. Finalement, Morgon donna le signal du repos. Toutes les jeunes femmes se dirigèrent vers leurs chambres respectives.

Une fois seule en tête à tête avec le garçon, Celtina entreprit de l'interroger.

– Fierdad, tu m'entends ? Je vais me glisser dans ton esprit pour te libérer des effets du philtre magique.

La prêtresse se retira en elle-même. Elle ferma les yeux. Sa respiration se ralentit. Elle était sur le point de perdre connaissance ; finalement, son esprit la quitta et s'insinua dans celui du garçon. Elle entreprit alors de chasser les brumes qui empêchaient le prisonnier de retrouver sa liberté et de reprendre le contrôle de lui-même. Fierdad s'écroula sur le sol ; il fut secoué de tremblements. Puis il ouvrit les yeux. Son regard avait retrouvé sa limpidité. Alors, Celtina réintégra son propre corps. Elle était au bord de l'épuisement, mais elle ne pouvait se permettre aucun repos. Il fallait faire vite.

Morgon ou l'une de ses sœurs pouvait faire irruption à tout moment dans la chambre et ils seraient condamnés tous les deux.

– Comment as-tu été fait prisonnier, Fierdad? l'interrogea la jeune fille, le souffle court.

– Celtina! C'est toi! C'est merveilleux! s'exclama le garçon, tout joyeux.

– Chut! Pas si fort! Comment ont-elles réussi à te surprendre?

– J'étais en train de pêcher du corail pour mon père... Je suis descendu très profondément sous l'eau et j'ai aperçu une lumière intense. Je suis allé voir. Il y avait une grotte de verre. Comme j'avais besoin de respirer, j'y suis entré pour prendre une goulée d'air. C'est alors que les sept sœurs sont apparues. Elles étaient magnifiques, tellement belles, je ne me suis pas méfié. Elles m'ont proposé de me reposer dans leur palais. J'ai accepté. Alors, elles m'ont offert un breuvage doux et sucré que j'ai trouvé enivrant. J'ai tout bu!

– Fierdad!... le gronda Celtina. Tu as été très imprudent. Leur as-tu dévoilé le secret que Maève t'a confié?

– Je ne crois pas! Elles ne m'ont pas interrogé. Elles m'ont enchaîné et ont dit que je serais leur esclave. Mon travail consiste à nettoyer leurs écuries!

– Leurs écuries? Elles ont des chevaux?

– Pas vraiment. Elles entretiennent une véritable ménagerie. Des monstres marins plus hideux les uns que les autres. Ils sont chargés de surveiller la mer tout autour de l'île. Ils empêchent toute fuite.

– On ne peut pas rester ici plus longtemps. Elles veulent me retenir moi aussi… en espérant que je devienne comme elles. Il faut filer.

– Oui, mais comment? Nous sommes retenus sous l'eau.

– Tu as nagé pour venir… nous nagerons pour repartir, c'est aussi simple que ça. La cascade où je me suis baignée en arrivant doit sûrement communiquer avec l'extérieur. Il faut passer par là.

Celtina ramassa son sac, puis ouvrit la porte qui donnait sur la chute d'eau. Les deux adolescents l'observèrent longuement.

– Je suis trop fatiguée pour me transformer en saumon et remonter le courant, et il est beaucoup trop fort. Et toi, tu dois encore être un peu ralenti par le philtre… Que pouvons-nous faire?

– Concentrons notre souffle, suggéra Fierdad. Si nous parvenons à la refroidir suffisamment, elle gèlera. Il sera alors beaucoup plus facile de l'escalader.

– Bonne idée! Allons-y ensemble!

Fierdad et Celtina ralentirent leur respiration, puis envoyèrent leur souffle druidique sur l'eau. Celle-ci se mit à geler, d'abord lentement, puis de plus en plus vite. Finalement, ils réussirent à créer une cascade de glace qu'ils se mirent à grimper. Celtina ne s'était pas trompée : ils débouchèrent à l'extérieur de la Forteresse, dans une sorte de douve. Ils nagèrent pour tenter de traverser le fleuve que la jeune prêtresse avait franchi en barque à l'aller.

– Nous y sommes presque ! lança Fierdad d'un ton enjoué.

En effet, la rive n'était plus éloignée que de quelques brasses. C'est alors qu'un énorme poisson se dressa devant eux.

Celtina manqua couler sous le choc de la surprise. Deux gros yeux globuleux surmontant une petite bouche aux longues dents pointues s'étaient tournés vers son compagnon. Le monstre était pourvu d'une longue nageoire dorsale composée de rayons épineux. Son dos était vert-brun et son ventre, vert-jaune. Des taches foncées rayaient ses flancs. Ses joues et le dessous de sa tête en forme de mufle aigu étaient parsemés de petites stries rougeâtres. Des filaments de végétation étaient accrochés à ses épines.

– Halte-là ! grogna le poisson. On ne passe pas, esclave !

Celtina se plaça devant Fierdad, lui faisant un rempart de son corps.

– Maîtresse ! s'exclama la créature sur un ton penaud. Je n'avais pas remarqué ta présence. Tu ne dois pas laisser ton esclave nager loin de toi. Je suis dressé pour surveiller cette côte et je dévore les esclaves en fuite.

– Comment t'appelles-tu? l'interrogea Celtina en surmontant sa crainte et surtout en espérant tromper l'animal aquatique.

– Groac'h… On me surnomme aussi «la Vieille». Je suis l'aînée des gardes de la Forteresse des Barques.

– Y a-t-il beaucoup de soldats comme toi dans le fleuve? continua la jeune fille en regardant tout autour d'elle pour tenter d'évaluer les forces en présence.

– Nous sommes quelques-unes. Mais méfie-toi de la Morgazen… Elle ne laisse passer personne, pas même les maîtresses comme toi. Ses huit longs bras sont pourvus d'un venin terrible qui paralyse les mouvements.

– Merci pour tes précieux conseils, Groac'h. Je serai prudente. Je voulais me rendre sur la terre ferme pour faire une promenade au grand air… Quel est le meilleur chemin?

– Suis-moi!

La Vieille nagea en ligne droite vers la rive, puis décrivit des cercles tout autour des deux nageurs jusqu'à ce qu'ils abordent une plage de sable doré.

– Je reste là, annonça Groac'h. Quand tu voudras retourner à la Forteresse, je te servirai d'escorte.

– Merci! On se revoit donc plus tard! lança Celtina d'un ton détaché.

Une fois sur la côte, les adolescents se mirent à courir à perdre haleine. Le sac de la jeune fille était alourdi par l'eau et il était difficile à transporter.

– Laisse ton sac, Celtina! lui ordonna Fierdad. Il nous ralentit!

– Jamais!

– Qu'as-tu donc là-dedans pour que tu risques ta vie pour ça? demanda encore le garçon.

Elle ne répondit pas. Ses secrets lui appartenaient.

– Nous devons retrouver mon cheval Morvach. Il m'attend dans la crique où j'ai abordé.

– Oui, mais comment s'y rendre?

– Je ne sais pas, je ne reconnais rien.

Et puis, le cheval de mer allait-il pouvoir les emmener tous les deux? Celtina en doutait fortement.

Les deux apprentis s'enfoncèrent dans une épaisse forêt; plusieurs chemins s'ouvraient devant eux, à travers les pins, les ajoncs, les taillis. Après avoir erré longtemps, ils arrivèrent devant une imposante fontaine. Elle était plantée là, au milieu d'une clairière.

– C'est la fontaine de Beleton! s'exclama Fierdad.

– Je croyais que ce n'était qu'une légende! Jamais personne encore ne l'a vue de ses yeux! continua Celtina.

– On dit qu'elle est protégée par la Dame de la Fontaine… Je ne vois rien !

– Regarde, un bassin d'argent est déposé sur la dalle. D'après la légende, si on arrose la pierre, on peut déclencher un terrible orage…

– Oui, et alors ? demanda le garçon.

– Thiton m'a dit que si l'on posait le fer ou le feu sur l'île… la Forteresse des Barques serait visible à ceux qui la cherchent. Si l'on parvient à provoquer le tonnerre et la foudre…

– …mon père pourra apercevoir la Forteresse et venir nous chercher…, compléta Fierdad. Tu es géniale ! Vite, renversons de l'eau sur la dalle de la fontaine.

Celtina remplit le bassin et mouilla la dalle. Aussitôt, un immense coup de tonnerre retentit, si fort qu'il lui sembla que le ciel et la terre éclataient. Puis il se mit à grêler ; des morceaux de glace les cinglèrent violemment. Ils durent se réfugier sous un arbre pour échapper aux grêlons. Lorsque l'averse cessa, ils constatèrent qu'il ne restait plus une seule feuille aux arbres des alentours.

Une voix alors leur reprocha :

– Enfants, que me voulez-vous ? Quel mal vous ai-je fait pour que vous fassiez ce que vous venez de nous faire, à moi et à mes sujets ? L'ondée n'a laissé en vie ni bête ni plante dans cette forêt.

Les deux jeunes pivotèrent sur leurs talons. Leur fuite allait-elle s'achever ici ? Ils découvrirent une jeune fille, pas tellement plus âgée qu'eux. Elle était mouillée de la tête aux pieds et ses vêtements étaient déchirés.

– Vous avez manqué me tuer. Les grêlons étaient si violents qu'ils m'ont blessée.

– Pardonne-nous! s'excusa Celtina. Nous devions faire apparaître la Forteresse des Barques… C'était le seul moyen! Qui es-tu? Je ne t'ai pas vue dans le château des Marimorganes.

– Je m'appelle Laudine, je suis la Dame de la Fontaine. Je vous pardonne parce que votre intervention a sauvé cette île. Les Marimorganes faisaient régner la terreur ici depuis trop longtemps. Même les pêcheurs se tenaient loin de nos rivages, car elles capturaient tous les hommes qui avaient le malheur de s'approcher.

Celtina et Fierdad se regardèrent. Ils l'avaient échappé belle.

– Peux-tu nous indiquer la crique où se trouve mon cheval de mer?

– Tu n'en es pas bien loin! Continue tout droit, tu trouveras un chemin de pierres. Suis-le jusqu'au bout et tu seras près de la côte… Je crois même que le père du garçon vient d'aborder pour récupérer son fils, ajouta la Dame de la Fontaine avec un petit sourire.

Chapitre 9

Celtina et Fierdad s'élancèrent sur la plage de galets. Le bateau du père du jeune druide s'y était échoué à la suite de l'orage qu'ils avaient déclenché. Tous les trois joignirent leurs efforts et réussirent à remettre la grande barque du pêcheur à l'eau. Ils y embarquèrent rapidement. Fierdad et son père échangèrent de nombreuses accolades. Ils riaient et pleuraient à la fois, heureux de se revoir tous deux sains et saufs. Puis, ayant hissé les voiles, ils s'éloignèrent de l'île des Marimorganes.

Ils avançaient depuis presque une heure lorsqu'un important vent contraire se leva. Aussitôt, sur les ordres du père, Fierdad et Celtina s'emparèrent des rames pour tenter de maintenir le cap. Mais les vents étaient beaucoup trop violents. Des paquets de mer leur frappaient le visage ; ils ne voyaient plus à cinq pas. Ils étaient trempés et avaient froid. Puis Celtina se rendit compte qu'ils fonçaient directement dans une nappe de brouillard. Elle voulut en avertir ses compagnons, mais, en se retournant, elle constata que la brume les faisait même disparaître de sa vue. Leurs voix qui s'appelaient avaient l'air de venir de très loin, alors qu'ils étaient pourtant dans la même embarcation. Tout à coup, un choc se produisit contre la coque de la barque.

– Nous avons peut-être heurté un rocher, grogna le père de Fierdad dont la voix se dispersa dans le brouillard. Continuons lentement…

Ils avancèrent encore un peu, mais les chocs se firent de plus en plus nombreux. Celtina se pencha par-dessus bord pour voir d'où cela pouvait venir. Mais elle fit un bond en arrière. Au moment où elle allait crier à ses amis de faire demi-tour, quatre énormes bras frémissants s'élevèrent au-dessus d'eux.

– C'est la Morgazen… la bête dont Groac'h nous a dit de nous méfier.

Les énormes tentacules de la spectaculaire pieuvre se tortillaient dans tous les sens, essayant de se saisir d'eux. Ses ventouses se collaient à la barque, tentant de l'attirer par le fond.

– Attention, père! hurla Fierdad.

Mais il était trop tard. Le pêcheur fut happé par un tentacule qui s'enroula autour de sa taille.

Celtina sortit son petit poignard et en frappa la bête. Elle entailla les tentacules, mais sans parvenir à lui faire lâcher prise.

– Vise le cœur, vise le cœur! lui criait le jeune druide.

– Je veux bien ! Mais il est où, le cœur ? répliqua-t-elle en continuant de frapper la Morgazen.

– Elle a trois cœurs, articula péniblement le père, qui étouffait maintenant. Ils se déplacent dans tout son corps.

– Frappe ! Frappe, Celtina ! l'encourageait Fierdad. Je ne peux pas t'aider. Les Mari-morganes m'ont confisqué mon poignard quand j'ai été capturé.

La jeune prêtresse continua de frapper la pieuvre un peu partout, mais la bête prenait garde de tenir son corps à bonne distance de ses coups. Et comme elle lançait ses autres tentacules en sa direction, l'adolescente devait faire attention de ne pas se faire prendre, elle aussi. Celtina était fatiguée, ses coups étaient beaucoup moins puissants. Elle tendit son poignard à Fierdad.

– À ton tour !

Mais le garçon n'eut pas le temps de s'en servir. Il vit son père passer par-dessus bord et plonger dans les flots noirs, emporté par la Morgazen. Ils se penchèrent au-dessus de l'eau, mais leurs yeux ne distinguaient plus rien. Fierdad éclata en sanglots. Celtina tremblait de tous ses membres. Elle lui entoura les épaules de son bras et le força à s'asseoir. La barque était secouée dans tous les sens et tournoyait sur elle-même. Elle se mit à dériver. Aucun de ses deux passagers n'avait le courage ni le cœur d'en reprendre le contrôle.

La nuit descendit sur la mer. Fierdad et Celtina se serraient l'un contre l'autre au fond de la barque ballottée par des vagues de plus en plus fortes. L'eau envahissait leur minuscule abri. Un cri attira l'attention de Celtina. En levant les yeux, elle aperçut Gouelan.

– Fierdad, il doit y avoir une terre par là. Regarde le goéland se diriger vers l'ouest. Suivons-le, sinon nous allons mourir ici.

Reprenant courage, elle s'empara de deux avirons et se mit à ramer. Fierdad la regarda faire quelques secondes, puis, lui aussi, ramassa ses rames et accorda ses efforts aux siens.

Gouelan continua à les guider, survolant leur barque, s'éloignant, revenant, se perchant parfois sur le mât, poussant son cri rauque et strident pour les encourager. Et, effectivement, l'espoir renaissait dans le cœur des deux jeunes naufragés. Ils accélérèrent la cadence. Maintenant, la nuit était totale mais, heureusement, le brouillard s'était dissipé et les étoiles les éclairaient suffisamment pour qu'ils avancent en ligne droite.

Ils croyaient bien être tirés d'affaire lorsqu'un choc sourd contre la coque du bateau les surprit.

– Ah non! Par Taranis, revoici la Morgazen! cria Fierdad avec de la peur et du désespoir plein la voix. Mon père ne lui a donc pas suffi. Elle nous veut tous!

Ils attendirent… Plus rien!

– Cette fois, c'était peut-être bien un rocher ! Nous ne devons plus être très loin de la terre, réfléchit Celtina.

– Où est Gouelan ? Je ne le vois plus, répliqua Fierdad en plissant les yeux pour tenter d'apercevoir l'oiseau.

– Il doit être arrivé… Redoublons d'efforts. Je suis sûre que nous sommes dans la bonne direction !

Brusquement, un autre choc fit trembler le bateau, beaucoup plus fort que le précédent. Celtina n'osait se pencher pour regarder. C'était peut-être un piège de la Morgazen pour les obliger à commettre une imprudence. Lorsque les chocs furent de plus en plus nombreux et que la barque menaça de chavirer, elle n'y tint plus. Elle s'agenouilla et osa glisser un regard dans l'eau. Ce qu'elle vit alors la laissa sans voix. La mer était recouverte de têtes horribles, aux longs cheveux dégoulinants de vase et d'algues, la bouche ouverte sur un cri qui ne sortait pas. Les yeux des monstres étaient énormes et cernés de rouge. Des milliers de têtes sans corps s'entrechoquaient et venaient percuter les flancs du bateau de bois. Les deux adolescents ramèrent à toute vitesse ; ils voulaient s'éloigner de ce cauchemar.

Finalement, le fond de la barque sembla accrocher une étendue d'herbes. En y regardant de plus près, Celtina poussa un soupir de soulagement. Ils avaient accosté. Gouelan les attendait, perché sur un arbre à deux pas de là. Il poussa un cri strident, comme pour les inviter à débarquer. Épuisés, Celtina et Fierdad se glissèrent entre les racines de l'arbre, puis, s'étant recroquevillés l'un contre l'autre, ils s'endormirent.

Plusieurs heures plus tard, alors que le soleil se levait sur la côte, ils furent tirés du sommeil par le hennissement d'un cheval. C'est alors qu'ils virent passer un homme vêtu de noir, chevauchant un cheval de braise, portant des bâtons en flammes sur le dos. Il était poursuivi par des rouleaux de feu. Le druide et la prêtresse bondirent sur leurs pieds, prêts à s'enfuir. Mais le cavalier ne leur accorda pas le moindre regard et poursuivit sa route. Plusieurs minutes plus tard, ils le virent au sommet d'une colline. Le cheval galopait toujours, les rouleaux de feu à ses trousses.

– Il se passe des choses bizarres ici, fit remarquer Fierdad. Je n'aime pas cet endroit.

– Je propose une exploration de l'île. Si jamais il y a le moindre danger, on rembarque et on file, lança Celtina.

– D'accord! Mais soyons très prudents. Nous n'avons pas assez de puissance druidique pour affronter de graves dangers.

– Maève m'a donné la turquoise pour vaincre le Mal et, toi, quelle est ta pierre? Nous pourrions mettre les forces de nos deux bagues en commun si le besoin s'en fait sentir.

– Le grenat, murmura Fierdad. Il doit me donner de l'énergie, de la force, de la persévérance et du courage.

– C'est aussi la pierre des voyageurs… Eh bien, tes aventures ne vont pas se terminer ici !

– Avec ta turquoise et mon grenat, nous devrions nous tirer des situations dangereuses, mais restons sur nos gardes.

Les deux compagnons se mirent en route. Ils gravirent une colline, puis une autre. Ils se rendirent compte qu'ils avaient débarqué sur une île beaucoup plus importante que celle des Marimorganes. Ils ne voyaient pas âme qui vive. Pas un animal, pas un oiseau, pas un être humain. Çà et là, ils voyaient des pierres dressées et des pierres couchées, des menhirs et des dolmens recouverts de mousse. Certains étaient fendus ; d'autres, fêlés. Il y avait bien longtemps que ces mégalithes* avaient perdu leur usage et leur signification. Celtina posa un instant sa main sur la pierre grise d'un menhir qui devait bien faire trois fois sa taille. Elle ressentit alors une vibration.

– Fierdad, il y a quelque chose de vivant sur cette île. Ce menhir en répercute l'activité. Touche.

Le garçon posa sa main à son tour.

– Tu as raison ! Il y a quelque chose qui bouge. Mais peut-être que ça se passe sous nos pieds… C'est peut-être le feu au centre de la Terre…

– Non, je ne crois pas. On marche depuis des heures, on aurait déjà ressenti les vibrations si la terre bougeait. Ce qui fait vibrer cette pierre provient de cet endroit. Regardons bien.

Leurs pieds glissaient sur la bruyère rose, heurtaient des pavés, comme si un chemin avait été tracé à travers la lande. Ils l'aperçurent de loin. Les quatre ailes d'un moulin tournaient dans le vent.

– Un moulin ? Il doit y avoir des êtres humains dans le coin, s'écria Fierdad qui enleva ses sandales et s'élança sur l'herbe fraîche.

Celtina était plus réservée et surtout moins impulsive que son ami. Elle avança rapidement, mais sans courir.

La porte du moulin s'ouvrit et un vieil homme en sortit. Il était plutôt petit et blanc de farine. Il mit ses mains en visière au-dessus de ses yeux pour voir qui venait troubler son travail. Il aperçut Fierdad tout près et Celtina, plus loin derrière.

– Meunier, meunier ! l'interpellait Fierdad. Comme je suis content de te voir !…

Mais le garçon se figea net. Il venait de comprendre son erreur en remarquant la petite taille de l'artisan. Il laissa Celtina le rejoindre et murmura très, très bas :

– C'est un korianed… Je ne le crois pas ! Où est le meunier ?

– Et pourquoi tu ne le crois pas ? lança le korianed. Tu sais que je peux t'entendre, alors ça ne sert à rien de parler si bas. Venez, venez… Du bon pain vous attend.

En effet, les korianeds avaient la particularité de pouvoir tout entendre, même si l'on parlait à voix basse. C'est le vent qui leur servait de complice pour porter à leurs oreilles toutes les conversations. Ainsi, personne ne pouvait jamais ourdir de complot contre eux.

Celtina examina les herbes autour d'elle pour déterminer le sens du vent. Puis elle se plaça de façon à ce que celui-ci ne souffle pas en direction du korianed et chuchota dans le creux de l'oreille de son compagnon :

– Méfions-nous de lui ! Je connais une façon de nous en débarrasser s'il devient trop méchant. Pour le moment, répondons à son invitation et allons manger de son pain.

– Que dites-vous ? Que dites-vous ? piailla le korianed.

– Nous disions que nous allons venir manger chez toi… si ton maître le meunier veut bien nous donner de son pain.

Le korianed sautait sur place en battant des mains.

– De la visite, de la visite ! Je suis content ! Enfin de la visite !

Celtina et Fierdad se dirigèrent vers le moulin. À ce moment-là, un meunier au visage maussade en sortit et dressa une table devant la porte. Il y déposa du pain, du lait, du fromage et des noix.

– Merci pour ton hospitalité, meunier! s'exclama Celtina en attaquant le festin.

– Que fais-tu ici, tout seul au milieu de la lande? questionna Fierdad.

– Hum! je ne suis pas seul…, fit le meunier énigmatique et sans leur adresser un seul sourire.

– Bien sûr, il y a le korianed qui te tient compagnie, mais tu dois trouver le temps long, car même s'ils sont farceurs et souvent amusants, les nains de sa race sont parfois fort méchants.

– Ce n'est pas moi qui tiens compagnie au meunier, c'est plutôt le meunier qui me sert de compagnon! rétorqua le korianed en ricanant. Ce meunier est un être vil, qui a toujours exploité ses apprentis, alors Lug a décidé de le punir. Pour le restant de ses jours, il est condamné à moudre les grains des injustices humaines… Ha! ha! ha!

Le korianed continuait de rire à gorge déployée. Ce fut alors que Celtina découvrit que la meule de pierre était immense. Elle avait sans doute été taillée par les nains des temps oubliés.

Fierdad lui désigna du doigt le toit du moulin. Ils virent courir des petits êtres qui apportaient des sacs et les vidaient par une ouverture à l'intérieur du bâtiment.

– Mes amis transportent toutes les injustices commises par les humains dans leurs sacs.

Ils les apportent ici pour que le meunier les moule. Et tu vois, il n'est pas près de manquer de travail… Vous, les êtres humains, vous commettez tant d'horreurs. Vous êtes jaloux, envieux, avares, voleurs, paresseux, menteurs, exploiteurs, traîtres, et j'en passe. Tous ces sentiments négatifs se retrouvent dans les sacs et finalement ici, mais il y en a de plus en plus. Nous travaillons jour et nuit et pourtant ça n'arrête jamais.

Un hennissement interrompit le korianed… En apercevant le cavalier de feu, il se frappa les cuisses, se tordit de rire, se roula par terre en agitant ses courtes jambes dans les airs.

– Qui est-ce ? s'inquiéta Celtina.

– Ha ! ha ! ha !… fit le korianed. C'est un des condamnés qui n'ont pas respecté les interdits des druides. Ils sont obligés de rester ici pour l'éternité et d'errer perpétuellement pour échapper aux rouleaux de feu. Ha ! ha ! ha !

– Ils… au pluriel. Donc, il y en a plusieurs ? s'étonna Fierdad.

– Plus que tu ne saurais les compter, jeune homme ! Ha ! ha ! ha !…

– Nous te remercions pour le bon pain, korianed. Maintenant, nous devons retourner chez nous, déclara Celtina en époussetant sa robe à laquelle quelques miettes étaient restées accrochées.

– Oh que non, mes bons amis ! Oh que non ! Tous ceux qui mettent le pied sur l'île des korianeds restent ici à jamais. Nous vous interdisons de nous quitter... Ha! ha! ha!

– C'est ce que nous verrons! Viens, Fierdad, éloignons-nous!

– Vous pouvez aller où vous voulez, toujours le vent me ramènera vos paroles et je saurai ce que vous faites. Vous ne pouvez pas comploter contre nous, les menaça le korianed.

Celtina et Fierdad quittèrent leurs hôtes et passèrent de l'autre côté d'une colline. Le vent s'était levé et soufflait maintenant très fort. Ils n'osaient plus échanger une seule parole, car ils savaient qu'elle serait aussitôt transmise aux nains du moulin. Alors, ils décidèrent de tester leur pouvoir de transmission de pensées. Ils eurent bien des difficultés à communiquer de cette façon, car la plupart des syllabes se perdaient avant de parvenir à l'autre.

– Il faut... trouv... une branche creu..., songea Celtina.

– Pour q... faire? répondit Fierdad en pensée.

– Trouv... d'ab... je t'expli... ensui...

Ils cherchèrent longtemps, mais finalement Fierdad dénicha une branche d'environ une coudée qui pouvait faire l'affaire. Grâce à son poignard, Celtina l'évida proprement. Puis elle en maintint un bout contre l'oreille de son compagnon, et murmura à l'intérieur :

– Ce cornet va permettre que nos mots ne s'éparpillent pas dans l'air. Le vent ne pourra pas les porter au korianed.

– Merveilleuse idée! s'exclama Fierdad à voix haute.

– Chut! fit Celtina en fronçant les sourcils et en mettant un doigt sur sa bouche.

Alors, une voix stridente qu'ils reconnurent aussitôt les enveloppa dans un tourbillon de vent.

– Quelle est cette merveilleuse idée? Je veux connaître cette merveilleuse idée? Dites-moi cette merveilleuse idée. Je l'exige. Je le veux. Je l'ordonne!

Le korianed était monté sur la table devant le moulin et sautillait d'impatience sur place.

Celtina appliqua le bout de la branche creuse contre l'oreille de Fierdad.

– Fouillons le sol et trouvons des vers de terre… ensuite trempons-les dans l'eau de mer.

Fierdad retourna le cornet de bois et le posa contre l'oreille de Celtina.

– Tu as raison, Maève nous a enseigné qu'en écrasant des vers dans l'eau et en jetant cette eau sur les korianeds, on pourrait se débarrasser d'eux. Je vois que tu as bien retenu ses leçons. Vite, mettons-nous à l'ouvrage.

Sans dire un mot de plus, Celtina et Fierdad recueillirent plus d'une centaine de vers de terre. Ils les déposèrent dans un récipient de bois que Celtina avait taillé dans une grosse branche. Ils les découpèrent ensuite en petits morceaux, les écrasèrent dans l'eau de mer, mélangèrent le tout. La mixture était enfin prête. Il suffisait maintenant d'approcher les korianeds et de les en asperger.

Le soleil plongeait déjà à l'horizon, car les jours et les nuits étaient extrêmement courts dans cette partie du monde. Les deux adolescents reprirent la route du moulin.

– Korianed, appela Celtina. Korianed… pouvons-nous encore manger du pain de ton moulin? Nous avons très faim.

L'étrange petit homme sortit du moulin avec la plupart de ses compagnons. Le meunier les suivait, les bras chargés de petits pains chauds et de lait fumant.

– Volontiers. Nous vous attendions, prenez place. Vous êtes demeurés silencieux tout le jour, qu'avez-vous fait? J'ai entendu des bruits, comme si vous aviez sculpté du bois…, les questionna le korianed, suspicieux.

– Nous n'avions rien à nous dire, répondit simplement Fierdad. Nous avons effectivement taillé du bois et nous vous apportons quelques cadeaux.

Celtina ouvrit son sac et en sortit quelques soucoupes et un bol qu'elle avait pris soin de confectionner pour les remettre à leurs hôtes. Fierdad, pour sa part, se gardait bien de montrer ses mains. C'était lui qui tenait le récipient contenant le poison magique.

Les korianeds étaient réputés pour leur curiosité. Ils se précipitèrent tous pour admirer les présents. Lorsque Fierdad fut certain qu'ils étaient tous réunis, il se hâta de plonger ses doigts dans la mixture et en jeta des gouttes sur les nains. Aussitôt que l'un d'entre eux était touché, il disparaissait purement et simplement. En quelques minutes, plus un seul korianed ne subsista sur l'île. Voyant ce prodige, le meunier eut un large sourire, le premier qu'il affichait depuis fort longtemps.

– Merci, mes amis. Je vais maintenant pouvoir travailler au moulin pour mon propre compte. Moudre du vrai grain, vendre mes pains et ma farine sur les îles des alentours. Je vais devenir riche. Merci beaucoup, merci énormément.

Il s'empara de leurs mains et les serra très fort, presque à leur en briser les os.

– Nous devons partir maintenant, meunier. Prends garde à toi !

Ils s'éloignèrent en direction de la barque. Le jour se levait. Fierdad embarqua tandis que Celtina appelait Morvach. Elle attela le cheval de mer au bateau de son ami et ils s'éloignèrent de cette île.

– Morvach, peux-tu enfin nous ramener dans notre pays ?

– Je vais faire de mon mieux, hennit l'hippocampe. Je vous déposerai là où vous a laissés la barque de Jakez quand vous avez quitté Mona, ainsi vous pourrez mieux vous orienter, car vous connaissez déjà les lieux. Mais prenez garde, Macha rôde aux alentours et elle vous y attend certainement pour vous soumettre à de nouvelles épreuves.

Chapitre 10

Morvach s'approcha très près de la côte de la Celtie. Celtina sauta dans la barque de Fierdad. Il ne restait plus aux adolescents qu'à ramer quelques minutes pour atteindre la terre ferme. Ils reconnurent le vieux chêne qui avait abrité leurs discussions deux ou trois lunes plus tôt. Ils étaient enfin de retour dans leur pays, mais avaient perdu la notion du temps.

En effet, quand on voyage dans les contrées dominées par des dieux, des héros et des légendes, le temps n'a plus la même durée. Il peut se dérouler très vite ou, au contraire, très lentement, selon ce que les dieux ont décidé. Il est alors très facile de perdre toute notion du temps. Et c'était ce qui arrivait en ce moment à Celtina et à Fierdad.

– Je dois me diriger vers Gwened. J'ai bien peur qu'Arzhel ne m'ait pas attendue, soupira Celtina. Je ne sais plus combien de lunes se sont écoulées depuis que nous nous sommes quittés... Je demanderai de l'aide dans les villages que je trouverai sur mon chemin.

– Je t'accompagne! décréta Fierdad. Puisque j'ai perdu mon père et que je n'ai pas d'autre famille, je ne vois pas la nécessité de rentrer dans mon village. De toute façon, il est très, très loin, au-delà du grand fleuve de l'est.

Ils se mirent en route. Macha la sorcière ricanait dans son coin. C'était elle qui, depuis le début, s'amusait à les envoyer dans une île puis dans l'autre afin de les effrayer et de faire perdre son temps à Celtina. La Dame blanche n'avait qu'une obsession : mettre la main sur les vers d'or et sur les bagues des élèves de Mona pour se rendre maîtresse de la Terre des Promesses.

Les jeunes apprentis druides devaient absolument traverser le Val d'Orgueil pour prendre la route de Gwened. Cette fois, Macha songea qu'ils ne lui échapperaient pas. Sur son territoire, elle avait tous les pouvoirs, mais elle avait bien l'intention de s'amuser un peu à leurs dépens.

Ils cheminaient depuis quelques heures lorsqu'ils atteignirent un pont de corde surplombant une rivière tumultueuse. Le fracas de l'eau les empêchait de se parler normalement. Ils devaient crier pour se faire entendre.

– J'y vais le premier, proposa Fierdad en testant les cordes du bout du pied.

Il avança prudemment. Le pont se balançait de droite à gauche, mais le garçon s'accrochait.

Sous lui, la rivière grondait de plus belle, comme si elle protestait contre leur présence. Il était arrivé à la moitié du pont lorsqu'un yppotryll apparut sur l'autre rive. La bête à la face de sanglier arborait de puissantes défenses. Elle posa une patte prolongée d'un sabot de bœuf sur le pont. Sa longue queue fouettait l'air. Ses épaisses touffes de poils bouclés s'étaient hérissées sur son dos.

– Interdit de passer ! grogna l'yppotryll en faisant osciller le pont, de manière à faire basculer Fierdad dans le vide.

– Qui es-tu pour nous interdire le passage dans notre propre pays ? protesta Celtina.

– Je suis le gardien de ce pont. Je m'appelle Gwiffret. Je défends les terres de Scatach la guerrière.

Pendant que la prêtresse occupait l'yppotryll en le questionnant, son compagnon progressait vers l'autre rive. Il lui restait à éviter les défenses de l'animal fabuleux pour essayer de trouver refuge dans un arbre.

– Qui est Scatach ? l'interrogea encore Celtina, encourageant Fierdad à se dépêcher en lui adressant un signe discret.

– Elle est celle qui protège et celle qui fait peur, répondit Gwiffret.

– Elle est donc à la fois bonne et méchante. Pourquoi dis-tu qu'elle est la guerrière ?

– Parce qu'elle enseigne le maniement des armes et forme les guerriers. Elle connaît tous les coups, ceux qui sont permis et ceux qui sont interdits.

– Alors, laisse-nous passer. Nous voulons que Scatach nous apprenne à nous battre. Nous venons pour étudier. Tu n'as aucune raison de nous refuser le passage.

– Pour étudier auprès de Scatach, il faut le mériter. Je ne laisse passer personne…

L'yppotryll s'interrompit aussitôt. Fierdad venait de plonger sous son ventre, entre ses pattes, pour ressortir sous sa queue. La bête tenta de se retourner, mais son poids nuisait à sa rapidité. Fierdad escalait déjà le tronc d'un aulne* à grosses branches.

– Tu m'as déjoué, garçon… tu peux passer! Je ne t'attaquerai pas. Mais toi, fille, tu ne passeras pas.

L'yppotryll empala les cordes du pont avec ses défenses coupantes et se mit à les cisailler. Le pont s'écroula en quelques secondes.

– Fierdad! cria Celtina.

– Je vais revenir te chercher, lança le garçon. Je trouverai un moyen pour te faire passer. Attends-moi!

– Ha! ha! ha!… tu ne reviendras pas, se moqua Gwiffret. Scatach aura tellement de choses à t'enseigner que tu n'en auras pas le temps… et tu finiras par l'oublier!

Celtina s'assit au bord du précipice. Elle voulait bien attendre, mais pas trop longtemps. Elle devait trouver un moyen pour passer de l'autre côté. Mais plus elle réfléchissait, moins elle trouvait. Le temps passa. Fierdad ne revenait pas. La nuit allait bientôt tomber; la jeune fille ne pouvait pas rester sans abri.

Elle ramassa ses affaires et revint sur ses pas. Finalement, elle trouva une petite grotte au bord de la rivière. Elle s'y installa.

Fierdad, de son côté, était arrivé à la résidence de Scatach. La guerrière était en train de donner un cours de maniement d'épée à deux garçons et une fille d'une quinzaine d'années. Lorsqu'elle aperçut Fierdad, elle esquissa un sourire. Elle portait un pantalon et une tunique de daim noir. Ses longs cheveux de jais étaient retenus par un bandeau tout aussi sombre. Ses lèvres rouge sang donnaient un air inquiétant à son visage pâle. Fierdad ne reconnut pas Macha la sorcière, car il n'avait jamais croisé son chemin. Mais c'était bien elle qui s'était ainsi déguisée en guerrière pour l'attirer dans son repaire.

Elle lui indiqua un râtelier de bois et lui ordonna de se saisir d'une épée. Puis elle l'attaqua furieusement. Le jeune apprenti druide, devenu pêcheur, n'avait jamais manié d'armes; il faillit être transpercé au premier coup porté. Scatach éclata de rire en le voyant tomber sur les fesses. Elle l'aida à se relever, puis lui proposa de lui donner des leçons.

– Je veux bien, dit Fierdad. Mais, auparavant, il faut que je retourne chercher Celtina. Elle m'attend de l'autre côté de la rivière. L'yppotryll a détruit le pont. Existe-t-il un autre moyen de parvenir jusqu'ici?

– Il en existe un. Mais ton amie trouvera le chemin par elle-même, si elle le mérite… rétorqua Scatach. Chacun doit suivre son destin. Le tien est d'apprendre à te battre ici et maintenant.

Elle l'attaqua de nouveau mais, cette fois, Fierdad parvint à contrer son coup d'épée, même s'il n'avait pas la force physique de répliquer. Tout le reste de la journée, puis toute la nuit, jusqu'au lendemain matin, Scatach ne laissa pas de répit au garçon. Il était épuisé, mais commençait à mieux se battre.

Pendant plusieurs jours, le garçon fut initié au maniement des armes, tandis que Celtina arpentait, sans succès, les abords de la rivière pour trouver le moyen de la traverser. Elle crut que Fierdad l'avait déjà oubliée comme l'avait dit l'yppotryll. *D'ailleurs, où est-il passé, celui-là? songea-t-elle. Je n'aime pas le savoir en train de rôder dans le coin. Il pourrait lui prendre la fantaisie de m'empaler avec ses défenses coupantes pendant mon sommeil. Je dois rester sur mes gardes.*

Dans son château, Scatach ne se contentait pas de former le bras de Fierdad. Chaque nuit, elle s'insinuait dans son esprit pour y disséminer le poison de la jalousie. *Pourquoi Celtina serait-elle l'Élue, celle qui doit restaurer la Terre des Promesses? Pourquoi ne serait-ce pas toi? Tu deviens plus fort de jour en jour. Tu sais te battre et pas elle. Tu parviendras à Avalon bien plus facilement que cette fille; les dangers sont nombreux sur la route et ta formation va te permettre de tous les surmonter.*

Au matin, Fierdad était de plus en plus motivé à apprendre à se battre. Il passait de nombreuses heures à s'exercer avec les trois autres élèves de Scatach et avec la guerrière elle-même. À chaque feinte, passe ou coup que le garçon réussissait, la sorcière lui promettait des torques, des bracelets d'or, des saies aux couleurs du Clan du Castor dont il serait le fondateur, un char, des troupeaux et même des pouvoirs druidiques étendus. Elle savait flatter sa vanité, vanter son courage et sa force. Après plusieurs semaines, elle lui dit:

– Je ferai de toi l'Invincible! Je te donnerai Gae Bolga, le javelot-foudre barbelé qui a appartenu au valeureux Cuchulainn. Il ne rate jamais sa cible. Tu ne perdras jamais un combat.

Fierdad en était éberlué. Gae Bolga était une arme renommée dans toute la Celtie. Elle appartenait au plus renommé des héros celtes.

Et jusqu'à ce jour, personne d'autre que le redoutable Cuchulainn n'avait pu s'en servir. C'était une arme des dieux pour un dieu.

– Que dois-je faire pour mériter cet honneur ? demanda Fierdad dont le corps était maintenant robuste et bien musclé.

– Combattre Celtina !

– Non… non, jamais !

Fierdad lâcha son épée et cacha ses yeux de ses mains.

– Si tu ne la combats pas… tu resteras ici à tout jamais. Tu ne reverras jamais ton clan. Je ferai de toi un esclave qui devra me servir… Je peux faire de toi ce que je veux, tu n'es qu'un apprenti druide, alors que je suis une magicienne expérimentée.

Scatach lui asséna alors un coup de fouet sur le dos. L'adolescent courba l'échine. Ses larmes redoublèrent. Puis la guerrière reprit son apparence de sorcière. Et Fierdad comprit qu'il était tombé dans un piège lorsqu'il la vit dans sa longue cape de plumes de corbeau. Car même s'il n'avait jamais été en présence de Macha la noire, la réputation de la magicienne était grande dans toute la Celtie. Il savait maintenant à qui il avait affaire.

Pendant plusieurs jours, le jeune druide reçut de nombreux coups, mais toujours il refusait de trahir son amie. Et puis, un matin, fatigué, il accepta. Il s'était dit que Celtina et lui trouveraient bien le moyen d'échapper à la guerrière, comme ils avaient filé entre les doigts des Marimorganes.

Macha accompagna Fierdad près de la rivière, juste en face de la grotte où Celtina avait trouvé refuge. Elle le força à l'appeler et elle disparut pour les surveiller sans se faire voir.

Celtina passa la tête entre les branchages qui la protégeaient et un grand sourire éclaira son visage. Elle n'avait jamais douté du retour de son ami. Elle était heureuse de le revoir et lui fit de grands signes d'amitié.

– Avance vers la rivière, lui lança Fierdad.

– Tu es fou, je vais tomber dedans et être emportée par le courant…

– Non. Aie confiance en… toi !

Il avait failli dire « en moi », mais il n'était pas fier de ce qu'il s'apprêtait à faire.

– Avance, insista-t-il, un pont va se matérialiser sous tes pas.

Celtina s'approcha du bord du précipice. Elle avança d'un pas. Alors, un pont de cordes minces comme des cheveux apparut.

– Il est trop mince, fit la jeune prêtresse. Et il est glissant.

– N'aie pas peur. Le Pont des Sauts s'adapte à toi… Viens, viens vite !

L'adolescente avança, cramponnée aux fils presque transparents. Elle s'aperçut alors que le pont s'allongeait à chacune de ses enjambées.

– Le pont grandit…

– C'est normal. Il grandit ou rétrécit selon les mérites de celui qui doit le traverser. Viens, viens !

Celtina glissa un pied sur la corde, puis l'autre. Son cœur battait tellement vite qu'elle avait peur que les pulsations la fassent tomber. Elle ferma un instant les yeux. Elle était prise de tremblements et ne parvenait pas à maîtriser sa peur.

– Tu peux le faire… Tu peux le faire ! l'encourageait Fierdad. Pense à Cuchulainn, il a réussi, lui.

– Oui, mais Cuchulainn est un vaillant guerrier !

– Tu es comme lui… tu n'as peur de rien ! Continue !

– Cuchulainn est le plus valeureux Celte que la terre ait jamais porté. Il est le fils du dieu Lug, il a la force, le courage…

– Tu lui ressembles ! Vas-y, avance !

Fierdad savait qu'en lui parlant, Celtina penserait moins à ses pieds et marcherait sur la corde sans vraiment s'en rendre compte. Elle devait oublier la crainte pour traverser le pont sans dommage.

– C'est bien, quelques coudées encore et tu auras gagné ! Vas-y, Celtina…

Les yeux de la jeune prêtresse descendirent alors sur ses sandales… Sous elle, c'était le vide, la rivière bouillonnante, les gerbes d'eau qui effleuraient le bas de sa robe et cherchaient à lui faire un croche-pied.

– Je n'y arriverai pas!

À peine avait-elle prononcé ces mots que la corde devant elle disparut. Elle regarda derrière elle. Là aussi, plus de corde. Il ne lui restait que le morceau sous ses pieds, fin comme un cheveu. Elle vacilla. Ses jambes étaient de coton; elle n'avait plus la force de continuer.

– Ne regarde pas en bas! hurla Fierdad. Regarde-moi, vite, dans les yeux. Accroche mon regard, je t'en supplie!

Celtina releva doucement les yeux. Des larmes lui noyaient le regard et l'empêchaient de discerner son ami; pourtant, elle savait qu'il était là, qu'il avait raison, qu'elle ne pouvait pas abandonner... Elle inspira plusieurs fois très lentement, puis posa un pied dans le vide. Il rencontra la corde. Celle-ci se matérialisa de nouveau. L'adolescente avança, en tentant de maîtriser les battements de son cœur. Maintenant, elle avait envie de courir, mais elle savait que cela ne servirait à rien. Elle devait subir l'épreuve du Pont des Sauts et la réussir.

Quelques minutes plus tard, Celtina arriva enfin de l'autre côté. Elle souffla de soulagement en sautant le dernier pas pour atterrir sur l'herbe fraîche près de Fierdad. Elle le serra très fort dans ses bras.

– Tu as réussi ! Tu as réussi ! criait-il dans son oreille.

C'est alors que la jeune fille remarqua que son ami portait une cuirasse de corne de buffle.

– Belle cuirasse, fit-elle, un peu pour oublier sa peur.

– Elle est indestructible, m'a dit Mach… Scatach.

Celtina fronça les sourcils. Elle ne comprenait pas pourquoi Fierdad avait eu besoin de se vêtir d'une armure indestructible pour venir l'accueillir au Pont des Sauts.

– Qu'as-tu trouvé au château ? Scatach est-elle prête à nous apprendre à nous battre ?

Fierdad baissa la tête quelques secondes. C'est alors que Macha se matérialisa près d'eux. Les pans de sa cape lui dessinaient comme d'immenses ailes noires. Les plumes frissonnaient sous le vent.

– N'oublie pas ta promesse, Fierdad, fils de Fergus du Clan du Hérisson.

Le garçon ne prononça pas une seule parole. Il ramassa sur le sol une épée que Celtina n'avait pas remarquée. Il leva l'arme très haut, hésita.

– La Riposteuse, hurla Celtina.

Alors, une épée à la lame affûtée arriva en tournoyant dans les airs. Elle vint bloquer le coup qui allait tomber sur la tête de l'adolescente. Puis, toujours en virevoltant, elle frappa d'estoc et de taille* celle que Fierdad avait peine à manier à deux mains. Elle était si rapide que le garçon passait plus de temps à l'esquiver qu'à tenter de l'atteindre à son tour.

– Ne lui fais pas de mal, cria encore Celtina, tandis que la Riposteuse fendait d'un seul coup la cuirasse de corne de Fierdad, sans même égratigner la peau du garçon.

Un terrible cri retentit alors. C'était Macha qui se rendait compte que le combat était perdu pour son champion. Elle rabattit ses longues ailes sous elle et se métamorphosa en corbeau. L'oiseau s'envola… poursuivi par la Riposteuse qui s'en retournait vers son premier maître, Manannân.

Fierdad tomba à genoux; il était comme une poupée de chiffon, incapable de se tenir debout.

– Pardonne-moi, Celtina. Pardonne-moi! J'ai cru que je pourrais la tromper, mais ses pouvoirs sont trop puissants…

– Oui, je sais! Elle avait envahi ton esprit et tu étais entièrement à sa merci. Elle te faisait faire ce qu'elle voulait. Je l'ai vu dans ton regard. Au fond de tes yeux noirs, il y avait une plume de corbeau. C'est sa marque!

– Celtina, je ne suis pas l'Élu. Je ne suis pas à la hauteur de la mission que Maève nous a confiée, déclara brusquement Fierdad.

– Mais voyons, tu avais affaire à une sorcière extrêmement puissante…

– Je n'ai même pas pu utiliser mes petits pouvoirs d'apprenti contre Macha, alors que toi, même en sa présence, tu as pu faire venir cette épée… Non, je ne suis pas l'Élu.

– Que vas-tu faire? s'inquiéta Celtina.

– Je vais t'accompagner un peu, et après j'essaierai de rentrer chez moi, dans le Clan du Hérisson. Mais, auparavant, je dois te révéler mon vers d'or. Tu iras le porter en lieu sûr, à Avalon.

– Tu en es certain?

– Oui. Voici mon secret: «Lug est nécessairement trois choses: le maximum de vie, le maximum de science, le maximum de force. Une seule entité peut être le maximum de chaque chose: Lug.»

– Merci de ta confiance, Fierdad. J'essaierai de ne pas te décevoir. Si jamais je dois à mon tour transmettre mon secret à quelqu'un de plus expérimenté que moi, je n'oublierai pas de mentionner ton nom et de raconter tes exploits.

Les deux adolescents se donnèrent une chaude accolade, puis se mirent en route. Ils n'avaient pas remarqué que Deirdriu, une espionne au service de Finn, le chef de l'Ordre des chevaliers des Quatre Royaumes, n'avait raté aucun de leurs exploits ni aucune de leurs paroles.

CHAPITRE 11

Fierdad et Celtina s'étaient arrêtés dans une clairière pour se reposer, car ils cheminaient depuis longtemps. Ils avaient peu parlé en route. Le garçon était triste; sa trahison laissait un sentiment étrange dans son cœur. Néanmoins, il se sentait plus léger d'avoir confié son vers d'or à Celtina. Et en plus, ils avaient tous les deux très faim.

Ils ramassèrent des châtaignes et des mûres. L'automne avait fait tomber les feuilles des arbres et, bientôt, il serait impossible de trouver quelque chose à se mettre sous la dent. Ils devaient se dépêcher d'arriver à Gwened ou dans un village pour trouver des provisions.

Les suivant à quelque distance, Deirdriu ne les perdait pas de vue. Son pas était si léger que ni Celtina ni Fierdad ne s'étaient rendu compte qu'ils étaient épiés. L'espionne s'approcha davantage pour mieux entendre leurs propos.

– Dès que nous arriverons dans un village, je te quitterai, déclara Fierdad. Je ne deviendrai jamais druide, mais je crois que je peux me rendre utile dans mon clan.

– Tu m'as dit que le Clan du Hérisson est très loin, près de la grande rivière de l'est... Ce n'est pas très prudent d'essayer de rentrer chez toi maintenant, conseilla Celtina. Ce sera bientôt Samhain, la date où les revenants s'emparent des bois et des landes. Si tu les croises et que tu es seul, il te sera difficile de les combattre...

– J'attendrai que la fête de Samhain soit passée et, ensuite, je reprendrai la route...

– Ce n'est pas très malin. Après ce sera l'hiver. La neige, le froid, le vent, les loups deviendront tes ennemis. Pourquoi veux-tu partir dans le nord tout seul ?... Viens avec moi vers le sud. L'hiver est moins rude dans cette direction.

– Si je ne te connaissais pas, Celtina, je dirais que c'est toi qui as peur de voyager toute seule ! fit le garçon sur un ton mi-blagueur, mi-sérieux.

La jeune prêtresse ne répondit pas. Elle songea que Fierdad n'avait pas tort. Elle craignait un peu d'affronter la mauvaise saison sans compagnon pour partager sa peine.

Un bruit, comme un froissement de feuilles sèches, tira Celtina de sa rêverie. Elle bondit sur ses pieds. Cette fois, elle sentait une présence non loin. Elle ne percevait aucune hostilité, mais plutôt une grande curiosité émanant de cet être qui se dissimulait.

– Qui va là? cria-t-elle en direction d'un bosquet.

– Peut-être un korrigan, suggéra Fierdad.

– Je ne crois pas! La présence est plus imposante que celle d'une entité du petit peuple. Allez, montre-toi! Nous ne te ferons pas de mal.

Les branches s'écartèrent et Deirdriu s'avança vers les deux compagnons. C'était une jeune fille dans la vingtaine, vêtue d'un costume de cavalier. Ses cheveux étaient retenus par une mince cordelette. Un magnifique torque d'or ornait son cou. Un carquois* rempli de flèches battait son dos, son arc pendait à sa main droite. Elle n'était pas menaçante, plutôt déterminée.

– Bonjour, enfants de Mona, lança-t-elle.

– Qui es-tu? Pourquoi nous espionnes-tu? l'interrogea Celtina, les yeux plissés, légèrement soupçonneuse.

– Je ne vous veux aucun mal, répondit Deirdriu. Et je ne vous espionne pas, je vous observe, ce n'est pas pareil.

– Arrête de jouer sur les mots et dis-nous ce que tu veux, intervint Fierdad. Si c'est de la nourriture, assieds-toi et mange. Sinon, explique-toi!

La jeune fille s'assit par terre et invita Fierdad et Celtina à faire de même.

– Voilà, je suis la messagère de Finn, le chef de l'Ordre des chevaliers des Quatre Royaumes. Je parcours la Celtie à la recherche de jeunes gens vaillants et courageux qui pourraient mettre leur force, leur ruse et leur ardeur à notre service.

– Pour quoi faire? Qu'est-ce que cet Ordre? Je n'en ai jamais entendu parler, répliqua Celtina.

– Nous sommes une troupe de chasseurs-guerriers. Nous sommes chargés de défendre les frontières de la Celtie et de secourir les rois et les chefs de clans qui nous le demandent. De Beltaine à Samhain, nous vivons dans les falaises, les estuaires, les forêts. Nous surveillons tout ce qui se passe sur notre territoire pour le compte des dieux. De Samhain à Beltaine, nous vivons à Ériu, par-delà l'océan. La déesse Éri nous a chargés de la protection de cette île verte où paissent ses troupeaux de moutons blancs.

– Que fais-tu dans notre pays? s'étonna Celtina. Tu es bien loin d'Ériu…

– Je retournais auprès de Finn après ma dernière mission de recrutement et je vous ai vus. Vous veniez de triompher de Macha la noire. Les Fianna, c'est ainsi que s'appellent les membres de notre groupe, ont besoin de combattants de cette qualité exceptionnelle. Voulez-vous vous joindre à nous?

– Ta proposition est tentante, Deirdriu, mais ne vois-tu pas que nous sommes apprentis druide et prêtresse? continua Celtina.

– Je sais. Mais je sais aussi que Fierdad s'interroge beaucoup sur son avenir…

Le garçon hocha la tête.

– Je t'ai vu, Fierdad, pendant que Scatach-Macha t'enseignait à te battre, tu es très doué. Tu pourrais songer à échanger ta robe de druide contre les braies du cavalier… puisque, de toute façon, tu l'as dit toi-même, tu n'es pas l'Élu.

Celtina lança un regard épouvanté à Deirdriu.

– N'aie crainte, Celtina. Même si j'ai entendu le vers d'or que Fierdad t'a confié, jamais je n'en ferai mention à personne. Les Fianna ne s'occupent pas des affaires des druides, nous avons trop à faire avec les soldats romains.

Les yeux de Fierdad allaient sans cesse de Celtina à Deirdriu. Il s'interrogeait. Que devait-il faire? L'offre de la Fianna était tentante. Il pourrait ainsi remonter vers le nord en compagnie d'une guerrière; il se sentirait plus en sécurité.

– Avant que tu ne me donnes ta réponse, Fierdad, je dois te dire que si tu te joins à nous, tu ne pourras pas quitter les Fianna avant d'avoir accompli un service d'une durée de quinze ans. Après, tu seras libre de rester ou de partir. Alors, réfléchis bien. C'est long, quinze ans. Et en plus, tu risqueras ta vie à chaque instant car, depuis que les Romains ont envahi la Celtie, les escarmouches* et les guets-apens sont nombreux. Nous devons nous battre presque tous les jours.

– J'ai réfléchi, Deirdriu. Je pars avec toi. Mon destin est avec les Fianna, je le sens dans mon cœur.

L'adolescent serra très fort Celtina dans ses bras en lui disant:

– Je penserai très fort à toi. Si tu as besoin de moi, n'hésite pas à m'appeler. Même si je deviens un Fianna, je saurai toujours me servir de la transmission de pensées comme nous l'avons appris à Mona. Et je demanderai à Finn de voler à ton secours.

– C'est bien, Fierdad. Maève nous a enseigné que chacun est libre de choisir sa voie. Je te souhaite bonne chance… Moi, ma voie est vers le sud. Je dois retrouver ma famille.

– Tu es l'Élue, Celtina… J'en suis convaincu! ajouta le garçon avant de suivre Deirdriu au cœur de la forêt.

– Peut-être! murmura la jeune prêtresse. Peut-être!

Encore une fois, Celtina se retrouvait seule. Elle ramassa ses affaires et continua son chemin vers le sud. La forêt était de plus en plus dense. Il n'y avait presque plus de sentier à suivre; elle devait zigzaguer entre les aulnes, les hêtres, les noisetiers, les noyers et d'autres espèces d'arbres. Au fur et à mesure qu'elle les rencontrait, elle les nommait à haute voix et les saluait. Le son de sa voix lui permettait de se sentir moins isolée.

Tout à coup, à l'orée d'une clairière, la jeune fille entrevit trois colonnes de lumière qui filtraient à travers le branchage serré des arbres. De la poussière dansait dans la clarté blanche. L'instant était magique. Celtina s'arrêta pour reprendre des forces. Cette lumière lui redonnait courage. Elle entendit alors le cri de la corneille, perçant, strident… lugubre comme une plainte de mort. Aussitôt, un autre cri lui succéda, plus fort, plus inquiétant. Puis un troisième qui lui vrilla les tympans. La prêtresse eut l'impression que sa tête allait éclater. Elle prit son crâne à deux mains. Elle avait le sentiment qu'une force obscure tentait de s'emparer de son esprit. Elle tomba sur le sol et se tordit de douleur. C'était insupportable. Elle perdit connaissance.

Dans son évanouissement, Celtina vit son corps sur le tapis d'aiguilles de pin de la clairière, exactement sous le faisceau des trois colonnes de lumière. Elle avait quitté son enveloppe physique à son insu. Les trois cris de Macha avaient réussi à percer les défenses de son esprit. L'adolescente aperçut une lueur bleue, violente et ardente, large comme le chemin d'un arc-en-ciel. Elle s'avança. Au-delà, il n'y avait rien. Le vide. Pas d'air, pas d'eau, pas de feu, pas de terre. Ni arbres, ni oiseaux, ni animaux, ni végétation, ni dieux, ni hommes. Celtina savait qu'elle venait d'être entraînée dans le Keugant, là où rien n'existe.

À Mona, on leur avait appris à connaître les trois cercles de l'existence : le Keugant, le lieu où rien n'est encore créé ; le Gwenwed que Maève appelait « le cercle de la Béatitude et de la Connaissance » ; et finalement l'Abred, le cercle où naît la Vie.

Celtina venait d'entrer dans le premier cercle ; celui où aucun être humain ne pouvait survivre, car il n'y avait rien. Même les dieux hésitaient à s'y hasarder. Le Keugant était le royaume de Dagda, le détenteur du savoir et de toutes choses.

– Celtina du Clan du Héron, tonna une voix.

La jeune fille entendit aussi le son d'une harpe qui jouait toujours la même note : le *do*. Elle regarda tout autour d'elle. Elle ne voyait rien. Elle s'aperçut qu'elle n'avait pas peur. Elle ressentait de la sérénité, un grand calme, comme si rien de désagréable ne pouvait lui arriver dans ce lieu étrange, silencieux, dépourvu de vie.

– Regarde mieux, avec les yeux de ton cœur et non avec ton regard ! Qui crois-tu que je suis ?

– Dagda, murmura Celtina, remplie de respect.

C'est alors que le dieu des druides lui apparut. Il était vieux et ridé. Sa longue barbe blanche lui donnait cependant un air sage et bienveillant. Dagda était un géant corpulent et impressionnant. Il portait sa redoutable massue sur l'épaule. Maève avait souvent raconté qu'une extrémité de ce gourdin pouvait retirer la vie, tandis que l'autre pouvait la rendre. Dagda était le dieu de la vie et de la mort; il avait tout pouvoir sur tout ce qui vivait.

– Macha la noire pense s'être débarrassée de toi et t'avoir envoyée dans le silence de l'éternité. Pauvre Macha! Elle n'a pas encore compris que c'est moi qui dicte les actes de tout ce qui vit sur terre, des hommes comme des dieux et des héros. Je décide qui sera bon, qui sera méchant, qui connaîtra le succès et qui connaîtra l'échec, qui sera l'Élu et qui sera son serviteur…

Celtina n'osait interrompre Dagda, mais mille et une questions se précipitaient dans son esprit.

– Tu te demandes si tu es l'Élue, n'est-ce pas? Eh bien, jeune prêtresse… je ne te le dirai pas! Je ne confie pas mes secrets. Je décide, un point, c'est tout! Suis ta voie. Ton destin t'apparaîtra au fur et à mesure de tes expériences et de tes épreuves. Tu es ici pour apprendre la Sagesse et l'Obéissance. Je n'ai rien d'autre à te dire… pour le moment. M'as-tu bien compris?

Celtina savait ce que voulait dire «Obéissance» dans la bouche de Dagda. Elle chassa vite toutes ses questions de ses pensées. Il fallait qu'elle garde son esprit libre, complètement vide pour que Dagda voie combien elle se soumettait devant lui. La harpe du dieu se matérialisa alors et les cordes s'animèrent. Cet instrument de musique avait une particularité étonnante : il pouvait jouer trois airs. Le premier faisait rire aux larmes ; le deuxième, pleurer à en mourir ; et le troisième endormait son auditoire.

– C'est bien. Je vois que tu fais le vide en toi. Je te permets donc de franchir le Keugant pour accéder à Gwenwed, le cercle des Connaissances et du Savoir.

La harpe joua le troisième air et Celtina s'endormit. Dans son rêve, elle se sentit propulsée dans le vide. Elle ne pouvait faire aucun mouvement, les battements de son cœur s'étaient ralentis, plus aucun sentiment de crainte ne l'atteignait. Une lumière rouge transperça ses paupières. Lorsqu'elle rouvrit les yeux, Dagda lui souriait.

– Je vais t'apprendre comment vaincre le cri de Macha. Il suscite une telle épouvante que beaucoup d'hommes meurent sur-le-champ. Son cri fait perdre la force et la couleur aux hommes. Il fait mourir tout ce qui est en train de naître, que ce soient les enfants, les animaux, les fleurs, les bourgeons dans les arbres, les herbes dans les prés et les récoltes dans les champs. Grâce à ce savoir, tu pourras sauver un peuple menacé par un terrible fléau.

– Quel est ce peuple ? s'entendit demander Celtina. Mais aussitôt elle se mordit les lèvres. Il ne fallait jamais interrompre Dagda sous peine d'être puni. Heureusement, le bon dieu lui sourit.

– Patience, jeune fille. Tu dois apprendre à ne pas questionner inutilement. Quand tu atteindras ce pays qui est une île, tu le feras mesurer de long en large. Exactement au point central, tu creuseras un trou. Tu y feras verser une décoction de ponem... Tu sais ce que c'est ?

– Oui, j'ai étudié le pouvoir des plantes. On l'appelle aussi herbe-de-feu. On le récolte à Beltaine. Il a la réputation de chasser les mauvais esprits et le poison.

– Très bien. Tu as bien étudié. Tu déposeras donc une pleine cuve de ponem dans le trou et tu la recouvriras de ta cape pourpre. Cela fait, veille près du piège toi-même, en personne. Tu verras alors deux dragons apparaître dans l'air sous la forme d'animaux effrayants qui se battent. Quand ils seront épuisés à la suite de ce combat furieux et terrible, ils tomberont sur ta cape sous la forme de deux porcelets. Ils s'enfonceront jusqu'au fond de la cuve. Ils boiront le ponem et s'endormiront. Replie ta cape sur eux et recouvre-les de terre. Tant qu'ils seront là, aucune invasion ne pourra jamais atteindre cette île.

– Je ferai comme tu as dit, Dagda. Mais Macha…

– Ces dragons sont sous les ordres de Macha la terrible. Elle les utilise pour dévaster les terres des hommes. Ce sont les cris qu'ils poussent quand ils se battent qui jettent l'épouvante sur tout ce qui vit dans ce malheureux pays. Tu devras souvent combattre Macha, car elle est foncièrement méchante et s'amuse à terroriser les êtres humains et les animaux, simplement pour son plaisir.

De nouveau, la harpe de Dagda dansa devant les yeux de Celtina, jouant l'air du sommeil, et celle-ci se sentit encore propulsée dans le vide. Elle s'en allait maintenant vers le troisième cercle : l'Abred, le monde de l'Harmonie, celui de l'équilibre entre la tête et le cœur ; celui qui fait le lien entre la Sagesse et la Force. Une lumière violette se glissa sous ses paupières et elle s'éveilla dans la clairière. Elle se sentait changée, plus forte, plus audacieuse aussi, mais en même temps moins impulsive. Sagesse, Force et Harmonie étaient les trois précieux cadeaux que lui avait donnés le dieu suprême.

La jeune fille regarda les trois colonnes lumineuses à la fois. Elle les entendit vibrer. Une douce musique, probablement jouée par la harpe de Dagda, envahit la clairière. Alors, Celtina comprit la troisième partie de son vers d'or : « Trois choses vont en croissant : le Feu ou Lumière, l'Intelligence ou Vérité, l'Âme ou Vie ; elles prendront le pas sur toute chose. » Elle savait que la Parole de Dagda et la Lumière des trois colonnes lui avaient donné une nouvelle Vie.

En se penchant au-dessus d'une source pour boire, la prêtresse découvrit sur son front une marque bleue. Il s'agissait de trois cercles stylisés, que l'on appelait le « triskell ». Il représentait les trois étapes qu'elle avait franchies avec succès. Elle était allée dans le Keugant, le monde de Dagda, et en était sortie vivante. Dans le Gwenwed, elle avait compris qu'elle devait savoir écouter à la fois son cœur et sa raison, et trouver l'équilibre entre les deux. Puis elle était passée par l'Abred, où elle avait appris le secret qui lui permettrait de sauver un peuple.

Mon cœur me dit de retrouver ma famille, songea Celtina. *Et ma raison me pousse à me diriger vers Avalon pour y ramener mon vers d'or et celui de Fierdad. En suivant le chemin de mon cœur et de ma raison, je parviendrai aussi à réaliser mon destin. Le sort de mes parents et celui de la Terre des Promesses sont suspendus au même fil : ce sont les Romains qui font peser une menace sur eux. Ma voie est donc d'affronter les Romains.*

Alors, elle décida qu'elle avait besoin d'un moyen de locomotion rapide. Manannân lui avait dit qu'elle pourrait faire appel à Rhiannon. C'était le moment. L'adolescente se concentra très fort… puis appela le cheval de toute son âme. Un hennissement lui indiqua qu'elle avait réussi. Rhiannon, la jument blanche, piaffait d'impatience dans la clairière. Celtina sauta sur son dos, se tint droite et commença à la guider en se servant de sa longue crinière comme s'il s'agissait de rênes. Avec les talons et la voix, elle fit avancer la jument.

— Tu ne dois pas avoir peur quand je vais ruer, me cabrer ou sauter, prévint l'animal magique. Ce ne sera pas pour te désarçonner, mais pour te prévenir d'un danger. Allons-y!

Et la jument partit au galop à travers la forêt. La cape rouge de Celtina et ses cheveux roux flottaient dans le vent. Jamais la jeune prêtresse ne s'était sentie aussi libre et aussi confiante dans ses capacités.

Chapitre 12

Le brouillard s'étendait sur la lande. Celtina ne voyait pas au bout des naseaux de Rhiannon. La jument blanche allait au pas, veillant à ne pas s'écarter du chemin qui descendait vers le sud. En tendant l'oreille, la jeune prêtresse pouvait entendre la mer qui vrombissait au pied des falaises qu'elles devaient longer. Elle songea que le moindre écart du cheval pouvait les entraîner toutes les deux dans le précipice. Elle se cramponna un peu plus à la crinière de l'animal.

– N'aie pas peur, la rassura Rhiannon qui avait perçu son trouble. Je connais bien le chemin. Nous sommes dans le domaine de Pwyll, mon époux aujourd'hui décédé. Mon fils Pryderi est le nouveau maître de Dyfed… Enfin, je devrais plutôt dire qu'il était le nouveau maître de ce comté…

La jument poussa un râle qui ressemblait à un cri de douleur.

– Pourquoi dis-tu «était»?… Il lui est arrivé un accident? s'inquiéta Celtina.

– Un accident! Oui, si tu veux… Ça ressemble à un accident!

– Raconte-moi, Rhiannon. Puisque le chemin est long vers le sud et que la température nous oblige à aller lentement, nous avons tout le temps de discuter. Explique-moi d'abord pourquoi tu dis que ton mari était le maître… N'était-il pas un cheval, lui aussi?

La jument s'ébroua quelques secondes, puis raconta son histoire:

– Avant, ni Pwyll, ni moi, ni mon fils Pryderi n'étions des animaux. Nous étions comme toi, enfants de cette terre de Celtie. Pwyll était un important chef, mais plusieurs guerriers étaient jaloux de lui. Et notamment un certain Gwawl, un être absolument repoussant, méchant et terriblement envieux de notre bonheur. Il me poursuivait sans cesse et voulait que je quitte Pwyll pour vivre avec lui. Mais, bien sûr, je le repoussais tout le temps. Alors, lorsque Pryderi est né, il l'a arraché à son berceau et est allé perdre mon enfant dans les bois.

– Mais c'est horrible!

Celtina caressa l'encolure de Rhiannon. Elle sentait battre le cœur de la jument sous elle et voulait lui faire comprendre qu'elle ressentait sa peine.

– Tu vois cette cabane en ruine, expliqua Rhiannon en passant devant un tas de pierres séchées et écroulées qui disparaissaient sous la bruine. Eh bien, c'est ici que mon fils a grandi! Il avait été recueilli par Tiernon, un pauvre paysan qui l'avait conduit auprès de sa femme. Celle-ci a appelé mon fils Gwri aux cheveux d'or, car il était blond comme les blés. Lorsque mon fils a eu sept ans, Tiernon a entendu parler de moi et de la disparition de mon enfant.

– Sept ans? Mais Tiernon vivait sur les terres de ton mari, es-tu sûre qu'il ne t'a pas menti? l'interrogea Celtina, abasourdie par cette étrange histoire.

– Aussi sûre que je suis sûre de te porter sur mon dos. En fait, après la disparition de mon fils, Gwawl s'est arrangé pour me faire accuser de m'être débarrassée de mon fils moi-même. Alors, comme punition, Pwyll m'a obligée à me tenir à la porte de notre domaine et à raconter mon crime aux visiteurs, puis à leur proposer d'entrer sur notre territoire en les portant sur mon dos... comme je le fais maintenant avec toi.

– Ainsi, si je comprends bien, tu me portes sur ton dos pour traverser Dyfed parce que ton mari t'a jeté un sort qui t'a transformée en cheval.

– Eh oui! hennit Rhiannon. Et le pire, c'est que, comme Pwyll est mort maintenant, il m'est impossible de retrouver ma forme sans l'aide d'un druide ou d'une puissante magicienne.

– J'essaierai de t'aider, Rhiannon...

Celtina flatta les flancs de la jument, puis enfouit son visage dans sa chaude crinière.

– Il faut aussi aider mon fils, continua la jument blanche.

– Pourquoi? Que se passe-t-il avec ton fils?

Rhiannon ne répondit pas directement à Celtina; elle enchaîna avec une question:

– As-tu vu comme le paysage est désolé par ici?

– Oui, je l'avais remarqué, confirma la jeune prêtresse.

Ses yeux dérivèrent sur la plaine. Le brouillard était si opaque qu'elle ne voyait pas très loin. Mais elle avait remarqué que les arbres étaient tous morts et dressaient leur silhouette noircie et tordue vers le ciel. L'herbe était rare sous les sabots de Rhiannon, et Celtina entendait surtout le claquement des pierres à chacune de ses enjambées. Pas un seul chant d'oiseau, pas un vol d'insecte ne les avait accompagnées depuis qu'elles étaient entrées sur les terres de Dyfed. Tout ici semblait aussi vide que dans le Keugant, songea l'adolescente en frissonnant.

– Ici, tout est mort parce que, le jour où Pryderi a succédé à son père, il est arrivé un grand malheur. Nous étions en plein banquet, les guerriers, les druides, les artisans, les hommes, les femmes, les enfants, tout le monde s'amusait. Quelques jeunes gens s'affrontaient à la lutte, et Pryderi n'était pas le plus maladroit d'entre eux. Tout à coup, un énorme brouillard, encore plus blanc et plus glacé que celui qui nous enveloppe actuellement, est tombé sur la fête. Puis, brusquement, il y a eu des coups de tonnerre terribles, comme si le ciel nous tombait sur la tête…

– Chut! il ne faut pas employer ces mots-là, Rhiannon. Tu sais que notre plus grande crainte, à nous, gens de Celtie, est justement que le ciel tombe sur notre tête. Il ne faut jamais en parler, car cela pourrait provoquer les dieux…

– Pardonne-moi! Je me laisse emporter par l'émotion. Donc, le tonnerre a grondé, puis les éclairs ont illuminé la clairière… et c'est là que nous avons constaté l'horreur… le pire, la terrible situation…

Rhiannon rumina ses derniers mots et Celtina dut se pencher sur son encolure pour entendre la suite.

– Lorsque le brouillard s'est dissipé, nous avons constaté que les gens, nos animaux d'élevage, nos récoltes, tout ce qui était la richesse de notre domaine avait disparu. Il ne restait que Pryderi, sa femme Gigfa et moi.

La jument s'arrêta soudain. Entre deux bandes de brume, Celtina aperçut un âne attaché à un pieu.

– Tu disais que les animaux domestiques avaient disparu… Cet âne est bien vivant pourtant, s'étonna la jeune fille.

– Oui, il est vivant… C'est mon fils Pryderi.

– Ton fils?

Celtina sauta en bas de la jument et se dirigea vers l'âne. L'animal avait une épaisse toison blanche, frisée et soyeuse. Elle le gratta doucement entre les deux oreilles.

– Quand notre domaine a sombré dans la désolation, nous avons survécu en consommant du miel, du poisson et du gibier. Puis quand il n'y a plus rien eu à manger sur nos terres, nous nous sommes rendus sur celles de nos voisins.

– Comment Pryderi est-il devenu un âne?

– Dans le domaine de notre voisin, alors que nous cherchions de la nourriture, nous avons aperçu un puits. Au bord de ce puits, il y avait une magnifique coupe d'or attachée par quatre chaînes à un bloc de marbre, expliqua Pryderi à son tour. J'ai tendu les mains pour la prendre, mais celles-ci sont restées collées sur la coupe. Je me suis alors aperçu que je ne pouvais plus bouger ni la lâcher.

– Je suis donc venue à son secours, continua Rhiannon, mais lorsque j'ai moi-même touché la coupe, il m'est arrivé la même chose. Et puis, un immense brouillard est tombé sur nous…

– Et c'est au cœur de ce brouillard que nous avons vu arriver Llwydeu, le vieil ennemi de mon père, et surtout l'ami de Gwawl, le soupirant déçu de ma mère. Llwydeu est un puissant druide du comté de Powys. Il fait partie d'une tribu que nous combattons depuis des générations…

– Nous avons compris que c'était lui qui nous avait lancé cette malédiction. Il a transformé Pryderi en âne, nous condamnant ainsi à travailler tous les deux pour lui…

– Il voulait venger Gwawl que ma mère avait repoussé.

– Heureusement, un jour, Llwydeu m'a envoyé porter un message à Manannân, le fils de l'océan, intervint Rhiannon. Lorsque je lui ai raconté notre histoire, ce dernier m'a dit qu'il ne pouvait rien faire, si ce n'était de me réclamer à Llwydeu en guise de cadeau de bon voisinage…

– …et c'est comme ça que tu t'es retrouvée dans la forteresse d'eau de Manannân…, compléta Celtina.

– …et que je suis maintenant à ton service, jeune prêtresse…, ajouta la jument en fouillant le sol du bout du nez en espérant y trouver un grain de blé ou une pousse d'herbe.

– Nous ne pouvons pas rester ici, réfléchit l'adolescente à voix haute. Il n'y a rien à manger ni pour vous ni pour moi. Continuons notre route jusqu'à la tombée de la nuit. Nous finirons bien par sortir de ce comté pour arriver dans un endroit plus hospitalier.

Ils firent comme Celtina avait dit, celle-ci toujours à califourchon sur Rhiannon; Pryderi suivait derrière. Ils marchèrent longtemps, longtemps, très longtemps. Ils commençaient à désespérer de sortir de ce pays en ruine lorsque, enfin, ils aperçurent, dans la pénombre qui tombait, comme une vague à l'horizon. C'était un champ de blé qui ondulait sous le vent.

– Bien, il y a même une grange… Nous allons pouvoir dormir à l'abri et manger tous les trois! s'exclama la prêtresse. Vite, dépêchons-nous d'entrer. Je vais bien vous bouchonner pour enlever l'humidité de votre pelage afin que vous ne preniez pas froid.

Celtina fit un gros bouchon de paille et commença à brosser ses deux compagnons à quatre pattes. Puis elle alla récolter du blé que les deux animaux avalèrent gloutonnement. Elle mastiqua les épis lentement; c'était dur sous la dent et lourd dans l'estomac, mais c'était mieux que rien. Enfin, elle s'étendit entre le cheval et l'âne pour avoir plus chaud.

Cela faisait près de deux heures que tous trois ronflaient lorsqu'un bruit étrange fit sursauter Celtina. Quelque chose couinait dehors. L'adolescente se leva et jeta un coup d'œil par la porte entrouverte de la grange. Ce qu'elle vit la réveilla tout à fait. Le champ de blé était complètement ravagé. Il n'y avait plus un épi debout, plus un grain sur le sol… Celtina sortit en courant, mais ne put voir les vandales qui avaient commis un tel saccage en si peu de temps.

Elle réveilla Rhiannon et Pryderi. La jument blanche et l'âne poussèrent des gémissements.

– Tu vois, nous portons malheur ! brayait l'âne.

– Ne dis pas de bêtises. Partons avant que quelqu'un nous accuse d'avoir tout détruit.

La jeune fille sauta sur le dos de Rhiannon et, au galop, ils s'enfuirent à travers le champ ravagé. Au bout de ce champ, ils en trouvèrent un autre… Cette fois, pas de grange où s'abriter, alors Celtina proposa de construire une meule de paille assez grande pour bien les cacher pour le reste de la nuit.

Après une heure d'effort, elle se glissa sous la meule aux côtés de l'âne et de la jument. Et ils reprirent leur nuit brusquement interrompue. Mais la prêtresse avait du mal à trouver le sommeil et ses oreilles restaient aux aguets. Brusquement, elle reconnut le chicotement déjà entendu quelques heures plus tôt. Elle s'extirpa de la paille… Dehors, c'était le même cauchemar qui recommençait. Le champ était encore une fois complètement dévasté. Mais, en y regardant de plus près, Celtina aperçut une souris au ventre bien rebondi qui tentait de s'enfuir. Elle se jeta à plat ventre sur le rongeur.

– Ah! ah! je te tiens, vilaine ravageuse!
Alors, comme ça, c'est toi qui détruis tout…

En grimaçant, elle ajouta :

– Pourtant, tu me sembles bien petite et
bien seule pour faire autant de dégâts. Tu dois
avoir de la famille dans le coin!

L'adolescente tenait la souris par la peau
du cou. Le petit animal gigotait au bout de ses
doigts, tentant maladroitement de se libérer.

– Oh! non, ma belle, tu ne vas pas
m'échapper! Mais que vais-je bien pouvoir
faire de toi?

– Ce qu'on fait aux voleurs de son espèce,
tonna une grosse voix derrière elle.

Celtina sursauta. En se retournant, elle
découvrit un homme robuste, à la moustache
embroussaillée, aux épais sourcils en bataille.
Il avait une corde à la main.

– Voilà trois jours que je surveille mes
champs, grogna le paysan. Je me doutais bien
que mon blé ne disparaissait pas tout seul.
Merci d'avoir pris cette voleuse. Je vais lui faire
subir la loi de Dyfed.

– Dyfed! s'exclama Celtina, très étonnée.
Nous sommes toujours dans le comté de
Dyfed et il y a des champs de blé…

– Nous sommes sur la frontière entre
Dyfed et Powys. Dyfed est devenu un pays
inculte, plus rien n'y pousse, alors je me suis
installé ici pour ne pas crever de faim, répliqua
le paysan. Mais la loi de Dyfed veut qu'on

pende les voleurs. C'est ce que je vais faire à cette souris!

Le paysan fit un nœud à sa corde et la passa autour du cou du rongeur. C'est alors que l'animal terrorisé lança:

– Pitié, paysan. Pitié! Je ne suis qu'une petite souris sans défense…

– Sans défense, te moques-tu de moi? gronda le paysan. Tu as ravagé toute ma récolte… et je suis sûr que c'est toi qui as fait la même chose dans tous les champs du comté de Dyfed. Et si ce n'est pas toi, ce sont tes sœurs. Pour moi, c'est du pareil au même. Maintenant que je te tiens, je ne te lâche plus!

– Un instant, paysan, s'interposa Celtina. Ne trouves-tu pas étrange qu'une si petite souris puisse faire autant de dommages toute seule? Et, en plus, on est là à discuter avec elle. Une souris qui parle, c'est impossible dans la nature. Donc, il y a forcément de la magie là-dessous.

Le paysan était superstitieux. Il rendit la souris à Celtina et frotta ses mains sur ses braies, comme s'il craignait qu'elle ne lui ait transmis une maladie. La prêtresse encouragea la souris à s'expliquer.

– Bon, d'accord. Mais à une condition: promettez-moi la vie sauve! dit la souris.

– Nous te le promettons, fit Celtina en jetant un coup d'œil insistant au paysan qui hocha la tête pour confirmer.

– Voilà, je suis la femme de Llwydeu, le druide de Powys, l'ennemi juré de Pwyll et de sa famille. Mon mari a transformé son armée en souris pour que nous allions ravager toutes les terres de Dyfed et que plus rien n'y pousse jamais. Dès qu'un grain de blé se met à germer, nous le mangeons !

C'est alors que, dans un tourbillon de vent, Llwydeu, le druide, apparut.

– Laissez ma femme tranquille ! Je vous interdis de lui faire du mal.

– Ah ! tu interdis, méchant druide ! Et toi, es-tu conscient de tout le mal que tu as fait à Rhiannon et à son fils ?… Une telle méchanceté réclame une sévère punition.

– Tu nous as déjoués, jeune prêtresse… Tu es rapide comme le vent pour réussir à attraper une souris qui s'enfuit. Ne fais pas de mal à ma femme, s'il te plaît. Elle est ce que j'ai de plus précieux sur terre.

– Maintenant que nous tenons ta femme…, menaça Celtina en espérant que le druide tenait assez à son épouse pour revenir sur son sort.

– Tout ce que tu voudras. Je te promets tout ce que tu voudras, mais relâche ma femme, implora le druide.

– Je veux que tu lèves le sortilège que tu as jeté sur Dyfed et ses habitants, ordonna la jeune fille, et que tu promettes de ne plus jamais importuner Rhiannon et Pryderi. Sous aucun prétexte.

Le druide plissa le front, fit une grimace, se mordit le pouce. C'était une décision difficile à prendre. Mais sa femme continuait à se tortiller entre les doigts de Celtina en poussant de petits cris perçants.

– Dépêche-toi, Llwydeu, j'en ai marre d'avoir la tête en bas, cria la souris. Qu'est-ce que tu attends? Tu vois bien que nous sommes vaincus!

– C'est bon! soupira enfin le druide. Je le fais parce que je tiens à toi, ma femme, et que cette prêtresse tient ton sort entre ses mains. Que Dyfed retrouve sa prospérité perdue... que Rhiannon reprenne sa forme et que Pryderi soit de nouveau un homme!

– Et n'oublie pas la formule finale, Llwydeu. Je te surveille! ajouta Celtina.

Llwydeu soupira encore plus fort, mais lâcha enfin:

– Ce que j'ai dit, nul ne peut le dédire...

Il s'arrêta, comme s'il avait terminé, mais ce n'était pas le cas, et la disciple de Maève le savait. Il pouvait revenir sur sa parole, sauf s'il ajoutait quelque chose.

– Et..., le pressa encore Celtina en le regardant du coin de l'œil.

– ...et surtout pas moi! laissa tomber Llwydeu d'un air mécontent.

Aussitôt, la petite souris glissa des mains de la prêtresse et se métamorphosa en une femme solide aux longs cheveux noirs.

Partout dans le champ ravagé, des hommes en armes apparurent. C'étaient les souris qui redevenaient des soldats. Puis Pryderi retrouva lui aussi son apparence, tout comme sa mère Rhiannon.

– Merci, Celtina! s'écrièrent en chœur Pryderi et Rhiannon en se jetant sur elle pour l'embrasser. Si tu as besoin de nous, n'hésite pas à le dire.

– Oui, je vais avoir besoin de vous! répliqua aussitôt la jeune fille. Je suis à la recherche de ma famille et, dès que je saurai où elle est, je vous ferai parvenir un message. Je vous demanderai alors de me prêter votre armée pour la délivrer des Romains.

– Nous viendrons à ton secours avec joie! s'exclama Pryderi. Tous les soldats de Dyfed seront à tes côtés.

– Et ceux de Powys aussi! affirma la jolie femme de Llwydeu. Nous nous tiendrons prêts à répondre à ton premier appel. Car les Romains sont autant nos ennemis que les vôtres. N'est-ce pas, mon mari?

– Ouais, ouais, grommela le druide.

Il n'avait pas digéré d'être vaincu par une apprentie prêtresse et n'était pas tellement disposé à l'aider, malgré l'insistance de son épouse.

Le jour s'était levé. Celtina dut se résoudre à dire adieu à ses nouveaux amis et reprit sa route vers le sud. Elle se retourna plusieurs fois pour les saluer de la main, jusqu'à ce qu'elle ne puisse plus les voir.

Chapitre 13

Il était six heures du matin. Le bruit métallique des clés réveilla le géant celte. Gwenfallon grogna, se retourna sur sa couche de paille et continua à faire semblant de dormir. Depuis sa capture, le père de Celtina ne dormait plus que d'un œil; il guettait la moindre possibilité de s'enfuir. Stavros Mikaélidès entrouvrit la porte de la prison et jeta sur le sol de terre battue une courte épée en bois et un large bouclier d'osier.

– Il est temps de t'entraîner, forgeron! cria l'homme.

Gwenfallon ne broncha pas. Il continua de tourner le dos au maître d'armes. Fâché par autant d'insolence, Stavros fit claquer son fouet à quelques pouces des côtes de Gwenfallon. Le Celte ne remua pas davantage.

– Deux rétiaires* avec moi! hurla Stavros en direction de la cour d'entraînement déjà éblouissante de soleil.

Deux gladiateurs jetèrent leurs filets sur Gwenfallon et le délogèrent de sa couche. Ils le traînèrent tout emballé au milieu de la cour. Le sable égratignait la peau du forgeron, mais il refusait toujours de se mettre debout. Les rétiaires le piquèrent à deux ou trois reprises du bout de leur trident pour l'inciter à se battre. Rien à faire. Gwenfallon demeurait impassible. Sur un ordre de la main de Stavros Mikaélidès, un incitator* vint le provoquer de sa pique en poussant des cris, mais le père de Celtina se recroquevilla, sans se défendre.

— Tuez-le! hurla alors Stavros Mikaélidès, excédé par la passivité du Celte.

— Non! s'interposa une voix qui retint les gladiateurs.

Tous se retournèrent. Kyros Mikaélidès était de retour sur ses terres.

— Si tu veux revoir ta femme et ton fils, forgeron, le prévint le marchand grec, tu as tout intérêt à obéir. Sinon ils seront perdus à jamais pour toi.

— Où les as-tu conduits? gronda Gwenfallon, de la haine plein les yeux.

Il s'était mis à quatre pattes, prêt à bondir à la gorge du marchand.

— Ah! ah! voilà qui te fait réagir! Tu le sauras le jour où tu te battras comme un homme…, répliqua Kyros, et maintenant ramasse tes armes et obéis à mon frère. À partir de ce jour, tu es un tiro*, un débutant gladiateur, mais nous ferons de toi la vedette du Circus Maximus de Rome aux prochaines saturnales.

– C'est dans moins de trois mois, prévint Stavros. Alors, tu n'as pas de temps à perdre.

Et le maître d'armes se précipita sur Gwenfallon. L'épée levée s'abattit sur le forgeron. Ce dernier eut juste le temps de lever le bouclier qui gisait à ses pieds pour se protéger. L'osier craqua et le fil de l'épée érafla l'avant-bras du père de Celtina.

– C'est bien. Bon réflexe. Maintenant, tu vas t'exercer contre le palus*… Marcellus sera ton maître d'escrime, ajouta Kyros en le poussant vers un gladiateur portant un pectoral* croisé dans le dos et un casque à œilletons grillagés.

Marcellus entraîna Gwenfallon à l'écart dans la cour. Il lui désigna un pieu de bois planté en terre.

– Voilà ton partenaire, tiro. Avance à mes ordres pour développer ton jeu de jambes et travailler tes déplacements. Tu dois pouvoir te déplacer autour de ce poteau comme si tu étais un danseur.

Pendant plusieurs semaines, Gwenfallon se retrouva confronté au palus dès le lever du soleil. Tant qu'il ne s'agissait pas de se battre contre un autre homme, le forgeron ne voyait aucun mal à s'entraîner. En fait, il espérait même découvrir ainsi une façon de fuir la villa des deux Grecs. Ce qui n'était pas facile, car tous les gladiateurs à l'entraînement le gardaient à l'œil, sans compter Marcellus qui ne lui laissait aucun répit.

Puis, un matin, le maître d'escrime jeta à ses pieds une épée et un bouclier de métal, deux plaques de protection, une pour l'avant-bras droit et l'autre pour la jambe droite, ainsi qu'un casque qui ressemblait au sien. Tout l'équipement d'un mirmillon*. Gwenfallon savait ce que l'on attendait de lui. Il allait devoir affronter un gladiateur dans son premier combat. Pour lui, c'était hors de question. Toutes ses pensées se tournèrent vers Banshee, Celtina et Caradoc; il était sûr maintenant de ne plus jamais les revoir, puisqu'il allait mourir ce jour-là.

— Tu seras opposé à Attilius, le Germain… C'est un palus III, car il a déjà combattu dix fois! lança Stavros en ricanant.

— Kyros a promis de me dire où il avait emmené ma femme et mon fils, protesta Gwenfallon. Il faut me le dire maintenant.

— Ha! ha! ha! fit Stavros. Et tu crois que mon frère tient ses promesses, tu es bien naïf, tiro! Allez, bats-toi!

Attilius se précipita sur Gwenfallon. Ce dernier esquiva le coup, mais ne répliqua pas. Le Germain revint rapidement à la charge. Encore une fois, le Celte para l'épée avec son bouclier, mais ne leva pas la sienne. À cinq ou six reprises, le même scénario se reproduisit. Attilius attaquait; Gwenfallon se protégeait, mais ne ripostait pas. Décontenancé, le gladiateur expérimenté tournait autour du tiro comme s'il faisait des pas de ballet, mais le père de Celtina laissa tomber son arme et son bouclier. Puis il s'adossa contre un mur pour éviter d'être attaqué par-derrière. Il croisa même les bras sur la poitrine avec un air de défi.

Stavros Mikaélidès, rendu furieux par ce comportement, se dirigea à grands pas vers l'armurerie. Il en revint quelques secondes plus tard avec un nouveau casque. Il pointa trois gladiateurs du doigt.

– Vous trois, emparez-vous de lui et passez-lui ce casque! On va voir s'il fait encore le malin après ça!

Gwenfallon se laissa faire, pensant que la nouvelle lubie du Grec ne l'inciterait pas plus à se battre. Ce fut lorsque le casque fut enfoncé sur son crâne qu'il comprit son erreur. On lui avait enfilé un couvre-chef intégral avec une visière sans fente pour voir. Il était complètement aveuglé.

– Tu vas combattre en andabata* maintenant, se moqua Stavros. Tu ne verras rien, tu seras bien obligé de réagir.

Gwenfallon sentit que quelqu'un lui rattachait le bouclier à l'avant-bras gauche et lui replaçait l'épée dans la main droite. Peut-être qu'Attilius répugnait à tuer un homme désarmé.

Le Germain lui asséna un premier coup sur le bouclier, puis un second sur le casque.

Gwenfallon sentit la panique l'envahir. Il se décolla du mur et tenta de deviner où se trouvait son adversaire en écoutant le bruit de sa cuirasse et de ses sandales sur le sable. Les coups pleuvaient. Le forgeron se protégeait du mieux qu'il pouvait. Finalement, sans crier gare, il leva son épée et l'abattit au hasard droit devant lui. Il la sentit percuter la tunique de cuir de son adversaire. Mais c'était trop peu, trop tard. Une volée de coups le fit trébucher. Il se retrouva sur le dos. Il sentit un liquide chaud glisser entre ses doigts lorsqu'il les porta à son flanc droit qui le brûlait. Il se tordit de douleur.

Celtina venait d'arriver dans un tout petit village, au bord de l'océan. Le chef Cenobarbi de la tribu des Osismes l'accueillit avec prudence. Depuis que les Romains avaient envahi presque toute la Celtie, on se méfiait des étrangers qui parcouraient le pays. Il pouvait s'agir d'espions à la solde de Jules César ou des tribus celtes qui s'étaient rangées à ses côtés. Après l'avoir longuement interrogée sur sa provenance et sa destination, on lui offrit à manger, à boire et un lit pour se reposer.

Au matin, l'adolescente se dirigea vers la rivière pour faire un brin de toilette. Elle remarqua alors deux jeunes hommes qui sillonnaient les alentours en fixant le sol; l'un d'eux portait un panier d'osier. Elle sourit. Comme elle autrefois à Mona, les deux hommes cherchaient sans doute des plantes médicinales. Celtina se demanda s'ils avaient été instruits dans la science des druides, car ni l'un ni l'autre ne portait la robe blanche, mais une tunique courte rapiécée à de nombreux endroits. En y regardant bien, elle crut reconnaître l'un des deux.

– Élouan! murmura-t-elle pour elle-même.

Élouan était l'un des élèves qui avaient quitté Mona à la dernière fête de Beltaine. Mais l'autre n'était pas Yoan, son frère jumeau; il lui était totalement inconnu.

Le souvenir de Beltaine ramena les lumières du feu de joie à la mémoire de Celtina. Elle revit le couronnement de Solenn, la reine de mai; elle se rappela l'incantation aux quatre directions prononcée par Maève, du soleil qui dansait dans la chevelure d'or d'Arzhel... Tous ces bons moments lui semblaient si loin, maintenant. Elle retint ses larmes et se dirigea vers les deux jeunes hommes. Elle ne s'était pas trompée: le plus grand était bien Élouan. Il la dévisagea un instant avec suspicion, avant de la reconnaître. Ils se précipitèrent alors l'un vers l'autre pour s'embrasser, comme de vieux amis qui se retrouvent après bien des aventures.

— Celtina, que je suis heureux de te voir ! lança Élouan. Je te présente Myghal, qui vient de Kernow.

— De Kernow… au-delà de la mer. Tu es loin de chez toi, Myghal ! s'étonna la jeune prêtresse.

— Ce sont ces maudits Romains. Ils m'ont capturé alors que j'allais rejoindre mon frère qui combat aux côtés de Finn, le chef de l'Ordre des chevaliers des Quatre Royaumes.

— Quelle coïncidence ! Notre ami Fierdad, lui aussi un ancien élève de Mona, vient de se joindre aux Fianna, expliqua Celtina. Mais, toi, Élouan, pourquoi n'es-tu pas en route pour Avalon comme Maève nous l'a ordonné ?

— C'est pas de chance, moi aussi j'ai été capturé par les Romains…

Le cœur de Celtina se serra. Les Romains avaient des moyens infaillibles pour faire parler leurs prisonniers. Si Élouan avait été relâché, c'était peut-être parce qu'il leur avait livré son secret. Elle le dévisagea avec des yeux effarés.

Le jeune homme devina très vite ses pensées, car elle n'avait pas pris soin de protéger son esprit contre les intrusions.

— N'aie crainte, je n'ai rien dévoilé. Myghal et moi avons été vendus à un marchand grec qui nous a retenus dans sa villa, à Aquae Sextiae.

– Il voulait faire de nous des gladiateurs, ironisa Myghal en gonflant ses bras pour faire jouer ses biceps.

Élouan baissa la tête et rougit. Depuis qu'il avait revu son ancienne compagne d'études, il se demandait comment lui annoncer la nouvelle et avait retardé le moment le plus possible. Mais maintenant que Myghal abordait le sujet des gladiateurs, il était temps qu'il lui révèle ce qu'il avait vu chez Stavros et Kyros Mikaélidès.

Celtina perçut son trouble. Ses yeux verts essayèrent d'attraper ceux du jeune apprenti druide, mais ce dernier évitait de la regarder en face.

– Que me caches-tu? lui demanda-t-elle. Tu protèges ton esprit, mais je vois bien sur ton visage que tu es triste… Qu'as-tu à me dire?

– C'est ton père! commença Élouan.

L'estomac de Celtina se retourna; elle fut prise de tremblements.

– Quoi? Qu'est-il arrivé à mon père?

– Nous l'avons vu à Aquae Sextiae. Les Mikaélidès l'ont entraîné pour devenir gladiateur…

Élouan avait décidé de tourner autour du pot pour ne pas lui annoncer la terrible nouvelle sans préparation.

– Je connais mon père. Jamais il n'acceptera de se battre contre un autre homme, surtout pas un Celte comme lui! martela Celtina d'un ton ferme et convaincu.

— Il n'avait pas le choix, Celtina. Il a dû apprendre avec maître Marcellus pendant plusieurs semaines... Ensuite, on lui a donné un Germain pour adversaire. Je crois qu'il s'appelle Attilius...

— Un type énorme, fort comme un buffle..., précisa Myghal. Ton père s'est battu vaillamment...

Élouan poussa son compagnon du coude. Le Cornique en disait trop. Celtina sentit le froid glisser sur sa colonne vertébrale. Elle avait peur de comprendre.

— Qu'est-il arrivé à mon père? Élouan! Ne me cache rien!

— Eh bien... ton père a été touché au côté... à droite. Il est tombé sur le dos!

— Le Germain l'a achevé? sanglota la jeune fille en se mordant les lèvres.

— Je ne sais pas! Je ne sais pas! Nous avons profité de la confusion dans la cour d'entraînement pour nous enfuir..., laissa tomber Élouan.

Les larmes coulaient maintenant à profusion des yeux de Celtina; son corps était secoué de longs sanglots.

— Écoute, peut-être est-il seulement blessé... Garde espoir! tenta de la rassurer Élouan en entourant ses épaules.

Une corneille passa dans le ciel en poussant son croassement.

– Mauvais présage! annonça Myghal, ce qui déclencha une nouvelle crise de larmes chez Celtina.

Puis, brusquement, la jeune fille cessa de pleurer net. Elle essuya son nez et ses yeux du revers de sa manche. Son visage s'était fermé, elle avait les lèvres serrées, les narines pincées, et une flamme de colère brillait dans son regard. Elle respirait par saccades. Sa décision était prise. Elle allait retrouver les marchands grecs et leur faire payer le prix du sang pour son père. Elle n'exigerait ni bijoux, ni bétail, ni terre… elle voulait leur tête!

– Élouan… je pars en direction d'Aquae Sextiae. Le chef Cenobarbi a promis de m'envoyer des guerriers osismes lorsque j'aurais retrouvé les Romains qui ont massacré les gens du Clan du Héron. Te joindras-tu à eux le moment venu ou préfères-tu te rendre à Avalon pour restaurer la Terre des Promesses et devenir l'Élu?

Élouan réfléchit quelques instants, puis il se décida:

– Écoute, Celtina, dans la villa des Grecs, je me suis rendu compte que je suis incapable de me battre. Je suis un druide, pas un guerrier. Je suis incapable de t'aider contre les Romains et tout aussi incapable de devenir l'Élu qui se rendra à Avalon, car le chemin est difficile. Il faut quelqu'un de courageux qui n'a pas peur d'affronter de multiples dangers. Je ne suis pas celui-là !

– Tu sais que notre peuple est en danger, que notre culture peut disparaître ; ne vas-tu donc rien faire pour la conserver en vie ?

– Je vais faire ce que je sais faire. Je vais devenir barde et chanter les exploits de nos guerriers, de nos héros et de nos dieux pour que personne ne les oublie jamais. Ne me confie pas ton vers d'or… c'est moi qui vais te dire le secret que Maève m'a confié.

– Je ne dois pas entendre ce secret, intervint Myghal. Je vais par là… J'ai vu du gui dans un bouleau, je vais le récolter. Nous en avons besoin pour piéger les oiseaux sauvages.

Le jeune guerrier de Kernow s'éloigna d'un bon pas tandis qu'Élouan livrait son vers d'or :

– Les trois principaux attributs de Dagda sont Puissance, Connaissance, Amour.

– Quelle est ta pierre, Élouan ? demanda Celtina.

– Le jaspe, symbole de l'éloquence*. Tu vois, Maève savait déjà que je serais un bon barde mais pas un guerrier ni l'Élu. En tant que barde, je chanterai tes exploits, Celtina du Clan du Héron, Élue d'Avalon.

Élouan serra très fort le bras de Celtina pour l'encourager à poursuivre sa route sans peur.

– Je m'assurerai que Cenobarbi respecte sa promesse et t'envoie du renfort lorsque tu le demanderas, n'aie crainte. Je suis le druide de ce village, le chef me doit obéissance. En attendant, reste quelques jours avec nous pour refaire tes forces.

– Merci, j'en ai bien besoin, mais je dois retrouver Arzhel à Gwened.

– Nous avons envoyé des éclaireurs un peu partout en Celtie pour savoir où sont les Romains et ce qu'ils mijotent. Attends leur retour. Ainsi, tu seras mieux renseignée sur Arzhel. S'il t'attend à Gwened, nos espions l'auront sûrement vu. Tu ne risqueras pas de tomber dans un piège en te rendant dans cette ville qui pourrait être contrôlée par les Romains.

– D'accord, je vais attendre deux nuits… pas une de plus !

Élouan et Celtina retournèrent au village des Osismes ; Myghal se dépêcha de les rejoindre, car il n'aimait pas rester seul dans la campagne maintenant que les Romains rôdaient partout.

Chapitre 14

Alors que Gwenfallon tombait sous les coups d'Attilius le Germain, Banshee et Caradoc revenaient du lavoir. La nouvelle servante de Titus Ninus Virius venait de s'occuper du linge de la famille de son maître. Banshee avait les doigts rougis et gercés par le froid. La température avait brutalement chuté dans cette région de Toscane.

Le domaine de Titus Ninus Virius surplombait des collines plantées de vignobles et d'oliviers. Une forêt épaisse entourait l'exploitation agricole, la protégeant des ardeurs du soleil durant l'été et surtout des invasions. Mais, ce jour-là, le givre avait recouvert une partie des champs, et les arbres dépourvus de feuilles avaient l'air menaçant sous le ciel gris. Banshee laissa son regard se promener sur la campagne. Au loin, elle distinguait les maisons de Florence qui venait d'être fondée par une centaine de colons romains. Elle songeait à Gwenfallon et à Celtina.

Soudain, Banshee ressentit une vive douleur au côté droit. Elle se plia en grimaçant. Puis elle y porta la main ; sa peau était brûlante. Aussitôt, la mère de Celtina comprit que son mari était en danger. Ses deux mains agrippèrent la rambarde de pierre du balcon où elle s'était appuyée. Elle respira très profondément et projeta son esprit par-delà les vallées et les monts, au-dessus des pics enneigés des montagnes, jusque fort loin au-delà des champs de lavande et de thym sauvages.

Son souffle effleura la plaie de Gwenfallon, mais celui-ci était trop blessé pour réagir. Elle tenta de se glisser dans ses pensées. Le forgeron était tellement affaibli qu'il respirait à peine. Malgré toute sa magie, Banshee ne réussit pas à l'éveiller et à glisser un souffle de vie entre ses lèvres serrées. Alors, elle reporta toute sa concentration sur Celtina, la cherchant dans l'immensité de la Celtie. Elle espérait qu'en joignant leurs efforts, toutes deux pourraient ramener la vie dans le corps de Gwenfallon.

Ses yeux de mer glissaient sur les îles et les bois, sur l'océan et les rivières, les lacs glacés et les plaines balayées par le vent. Elle découvrit enfin Celtina, seule, triste et fatiguée, qui s'en allait en direction du sud. Banshee crut pouvoir contacter sa fille grâce à la transmission de pensées. Mais son esprit fut happé par un tourbillon de brume sombre à l'odeur répugnante. Surprise, elle projeta son esprit vers l'arrière, juste à temps. Macha la noire s'était interposée. La sorcière avait tenté de s'emparer de la conscience de Banshee pendant qu'elle était vulnérable. La mère de Celtina, consciente du danger qu'elle courait et qu'elle faisait aussi courir à sa fille, abandonna sa tentative. Elle réintégra rapidement son corps. Elle était désespérée et épuisée par ce voyage dans le monde de la magie. Malgré son jeune âge, Caradoc avait perçu le trouble de sa maman. Il lui serra très fort la main. Elle se pencha, le prit dans ses bras et le serra contre son cœur. Caradoc était tout ce qui lui restait.

C'est alors que Titus Ninus Virius surgit sur le balcon. Il ne disait rien et semblait préoccupé. Banshee s'empressa de ramasser le panier de linge qu'elle avait laissé à ses pieds. Elle commença à plier toges et tuniques, draps et serviettes de table pour les ranger.

Puis le Romain sembla remarquer la présence de la jeune femme celte et de son fils.

– Tu sembles triste, pourtant tu es bien traitée ici! fit remarquer le maître de maison.

– Si tu étais séparé de ta famille, de ceux que tu aimes et de ton pays, toi aussi tu serais triste, maître, répliqua Banshee.

Le Romain hocha la tête, puis continua sur un ton calme:

– Tu sais, femme, à Rome, la majorité des gens qui ont un métier, par exemple les paysans, les artisans et même les écrivains les plus reconnus, sont esclaves. Il n'y a pas de honte à travailler pour un maître.

– Nous ne sommes plus des êtres humains, mais des marchandises…, lança Banshee d'une voix sèche.

– Je suis d'accord avec toi. Mais ta valeur m'incite à prendre soin de toi. Je veux que mon investissement soit rentable. J'ai dépensé beaucoup pour vous acheter, les trois adolescents, les deux autres femmes, ton fils et toi. Je veux votre collaboration, votre travail et, en échange, je vous promets de bien vous traiter.

La Celte détourna les yeux ; elle n'avait pas envie de discuter de sa captivité.

– Et puis, j'ai des devoirs envers vous…, insista Titus Ninus Virius. Je dois vous nourrir, vous vêtir et vous loger.

– Nous ne t'avons rien demandé, éclata Banshee. Nous étions tranquilles, dans notre village, nous étions libres… parfaitement heureux sans vous, les Romains.

– Comme tu as pu le constater pendant notre voyage, je ne bats pas mes esclaves. Je peux vous priver de nourriture ou de repos en guise de châtiments, mais, chez moi, mes esclaves ne risquent ni les coups ni la mort. Je veux simplement vous offrir une nouvelle vie, du confort, de la culture, des connaissances.

– Nous prends-tu pour des idiots ? Crois-tu que nous sommes des bêtes ignorantes ? rugit la jeune femme. Aucun d'entre vous, Romain, n'a jamais pensé que nos croyances, notre science, notre magie… comme tu dis, pouvaient être plus intéressantes que vos bains de vapeur, vos statues, vos palais de marbre et vos routes si bien pavées.

– Écoute, je ne tiens pas à discuter pour savoir si ta civilisation est meilleure que la mienne ou vice-versa. Ton peuple a été vaincu par nos armées, c'est tout. Si les Celtes avaient gagné cette guerre, c'est vous qui seriez les maîtres et nous, les esclaves. Ainsi va la vie.

Banshee haussa les épaules et rentra dans la villa.

– Si tu me sers bien, poursuivit Titus Ninus Virius, je te verserai un petit montant d'argent. Ici, on appelle cela un pécule*.

Il désigna le large coffre de bois où Banshee rangeait les draps et le linge de table, et ajouta :

– Je le garderai pour toi dans une bourse de cuir que je placerai dans le coffre que tu vois ici… Ainsi, lorsque tu auras accumulé assez d'argent, tu pourras racheter ta liberté et celle de ton fils.

Et le Romain tourna les talons. Ses sandales glissaient en silence sur les dalles de marbre blanc de sa splendide demeure.

Lorsque l'esprit de sa mère avait effleuré le sien, Celtina avait senti l'ombre maléfique de Macha la noire qui planait aux alentours.

Inquiète pour Banshee, elle était demeurée aux aguets pendant plusieurs heures, espérant que sa mère la contacte de nouveau. Mais rien. Elle avait ouvert son sac et constaté que le flocon de cristal de neige était toujours là, intact. Donc, tout allait bien.

La jeune fille avait repris sa route jusqu'à ce que la lune se lève. En arrivant au bord d'un petit lac où elle comptait passer la nuit, elle aperçut un pêcheur. Il lançait et relançait sa mouche sans pour autant rien attraper. Intriguée, Celtina se cacha entre des touffes d'ajoncs et le regarda faire pendant de longues minutes.

Fatigué de ne rien pêcher avec sa ligne, le pêcheur s'empara de sa nasse au moment même où la lune plongeait dans le lac. Il tira, fit tournoyer, retira le panier d'osier… et l'eau se troubla tant et si bien que la lune disparut. L'homme s'exclama: «Je l'ai eue! Je l'ai eue!» Celtina se demanda ce que le pêcheur avait bien pu attraper ainsi. Elle sortit de sa cachette. L'homme prit peur et laissa échapper sa nasse dans le lac. L'eau se troubla de nouveau, puis la lune, énorme et jaune, réapparut sur l'eau.

– Qui es-tu? lança Celtina. Ne sais-tu pas qu'il est dangereux de se promener la nuit au bord des lacs?

– Et toi? Tu n'as pas peur! répliqua le pêcheur. Tu es une petite fille toute seule dans la forêt… Ah, je vois, je vois! Bien sûr, toi, tu ne crains rien. Tu es une prêtresse de Mona.

– Qui es-tu ? demanda encore l'adolescente.

– Je suis le pêcheur de lune, répondit l'homme. Chaque nuit, je viens ici pour tenter d'attraper l'astre…

– Dans quel but ?

– Comment ? Toi, une prêtresse, tu ne sais pas que les nuits sont plus importantes que les jours ; que ce sont les nuits qui règlent les mois et les années ! Si je parviens à pêcher la lune… je suis sûr de vivre éternellement, soupira le pêcheur en replongeant sa nasse dans le lac.

– N'importe quoi ! s'exclama Celtina. On ne peut pas attraper un astre. La lune est placée dans le ciel par Dagda pour veiller sur notre sommeil…

– Si tu ne me crois pas, essaie par toi-même, la provoqua le pêcheur. Viens, suis-moi.

L'homme se jeta à l'eau et disparut sous l'onde noire et froide. La prêtresse attendit quelques secondes, puis, songeant que le pêcheur allait se noyer, elle enleva sa cape de laine et s'apprêta à le suivre pour le sortir de là avant qu'il ne soit trop tard. C'est alors qu'un hibou ulula dans le lointain. Mais Celtina ne l'entendit pas. Elle ôta sa robe de lin et plongea dans le lac glacé. Elle explora une première fois le fond du lac et ne vit rien. Elle revint à la surface pour respirer. Le hibou ulula encore ; elle n'y fit pas attention. Elle plongea de nouveau. Au fond de l'eau, de nombreuses algues agitaient leur chevelure visqueuse, mais elle ne vit pas de poissons. Elle trouva la chose étrange ; toutefois, cela ne la troubla pas outre mesure. Elle s'inquiétait trop pour le pêcheur de lune.

Celtina remonta à la surface pour la troisième fois, totalement essoufflée, mais elle ne pouvait se résoudre à laisser l'homme se noyer. Elle se laissa descendre sous l'onde une dernière fois. C'est alors qu'elle sentit que quelque chose lui saisissait les pieds. Elle se débattit. Les algues enlaçaient ses chevilles et tentaient de l'entraîner par le fond. Elle commençait à manquer de souffle lorsqu'elle aperçut le visage rigolard du pêcheur de lune qui se moquait d'elle. Il avait regagné la berge et, penché au-dessus de l'eau, il s'amusait à lancer sa ligne pour tenter de l'hameçonner par les cheveux. La jeune prêtresse comprit que c'était un autre piège que Macha lui avait tendu en mettant ce pêcheur sur son chemin. Alors, elle retint sa respiration, se concentra et réussit à prendre l'apparence d'un saumon. D'une secousse, elle se dégagea de l'emprise des herbes aquatiques et se propulsa d'un bond sur le rivage. Il était temps. Il lui restait juste assez d'air dans les poumons pour reprendre sa forme humaine.

C'est alors que Celtina perçut enfin le cri d'effroi de l'oiseau de proie. Le hibou, animal de la Connaissance, avait voulu la prévenir du danger. Elle songea qu'en se jetant à l'eau pour repêcher le pêcheur de lune, elle avait bien failli ne plus jamais revoir l'astre du jour.

– Pourquoi ne me laisses-tu pas en paix, Macha? hurla Celtina, la tête tournée vers le ciel, les yeux cherchant à percer l'obscurité.

Seul le silence, lourd, pesant, menaçant, lui répondit. Même le hibou s'était tu. Le pêcheur maléfique avait disparu et la lune, immobile, éclairait à peine les ajoncs. Celtina frissonna, enfila sa robe et sa cape, puis s'éloigna.

Chapitre 15

En hiver, les jours étaient pâles, presque décolorés et surtout d'une monotonie désespérante. Depuis que Flidais lui avait donné son nouveau nom : Koad le mage de la forêt, Arzhel vivait dans la solitude silencieuse des marais, entre l'ombre et la brume. Le manteau de grisaille de l'hiver naissant commençait à s'étendre sur la lande. Parfois, au cœur des ténèbres, Arzhel entendait les cris rauques des oiseaux de nuit ou ceux, perçants, de la chouette. Il ressentait alors un malaise inexplicable, alors que l'odeur âcre de la tourbe le prenait à la gorge. Dans son enfance, on lui avait raconté les histoires de ces êtres surnaturels et maléfiques qui hantaient les lieux humides en se lamentant. Parfois, dans le brouillard, il croyait distinguer des hordes de fantômes et entendre leurs plaintes ; c'étaient les Anaon* de Macha la noire. Pour le moment, ces âmes perdues le laissaient en paix, mais il savait qu'un jour ou l'autre il devrait les affronter. Il leur réservait d'ailleurs un tour bien particulier, mais essayait de ne pas y penser pour que Macha ne devine pas ce qu'il mijotait.

Le jour, le jeune druide s'affairait à préparer les armes qu'il avait volées dans le coffre d'Éribogios le frappeur, son père, car il était convaincu qu'il en aurait besoin à un moment ou à un autre. Il n'avait pas l'intention de demeurer inactif, comme un vieux magicien sans ambition. Lui, il avait des choses à faire et il comptait bien les mener jusqu'au bout. Il n'avait pas abandonné l'idée de se rendre à Avalon pour en devenir le maître incontesté.

Ce matin-là, alors qu'il se promenait entre les tourbières*, le garçon vit arriver un immense héron blanc. Il se cacha entre les joncs pour l'observer. L'échassier, peu farouche, s'approcha de lui.

– Mage de la forêt, l'interpella l'oiseau, je suis venu t'apporter un présent : une longue plume, symbole de la vigilance. Prends la plus belle !

Arzhel tendit la main et détacha doucement une longue penne* de l'aile du héron. Puis ce dernier s'écarta et s'envola. La plume à la main, le jeune druide le suivit des yeux un moment, se demandant bien ce qu'il allait faire de cette plume. Brusquement, il comprit. Celtina était du Clan du Héron, c'était sûrement un signe. Elle allait venir le rejoindre. Il en ressentit un certain réconfort, car il était fatigué d'être seul.

Il retourna vers sa cabane de branchages qui lui servait d'abri au cœur du marais. En y entrant, ses yeux se posèrent sur ses armes.

Alors, il sut exactement ce qu'il devait faire. Le casque conique en fer de son père était décoré de perles de corail. Arzhel entreprit d'y fixer la plume de héron, en guise de cimier*. Puis il grava à même le bois du bouclier de combat d'Éribogios la silhouette fière et élancée de la petite aigrette. Ensuite, le druide attendit devant sa cabane, sans manger et sans boire pendant de longs jours. Ni la pluie ni le froid n'avait d'effet sur lui. Mais, au fur et à mesure de son attente, son aspect physique se modifiait. Sa belle robe blanche de prêtre était sale de boue ; ses beaux cheveux blonds disparaissaient sous une croûte de terre. Même son visage avait changé, car les privations de nourriture avaient creusé ses joues. De plus en plus, Arzhel devenait Koad, le mage de la forêt. Assurément, Celtina ne pourrait le reconnaître sous cet aspect.

Lorsque la lune entama son dernier quartier, le jeune homme la sentit venir à lui. Elle n'était pas encore apparue dans son champ de vision qu'il savait qu'elle approchait. Il ne fit pas un geste pour l'accueillir lorsqu'elle déboucha enfin au bout du marais et se dirigea vers sa cahute.

Peut-être qu'au fond d'elle-même Celtina savait qui il était, même si elle ne le reconnaissait pas. Aussitôt en sa présence, elle ressentit un grand soulagement, comme si elle revoyait un ami perdu depuis longtemps. Ce qui était effectivement le cas, mais elle ne le devina pas.

Il faut préciser que Koad avait complètement fermé son esprit pour empêcher la prêtresse de lire dans ses pensées et dans son cœur.

– Mage de la forêt, dit Celtina, je crois que je me suis perdue dans ce marais. Peux-tu m'indiquer la direction du sud et de Gwened?

– Tu n'es pas perdue, Celtina, répondit Koad en modifiant le timbre de sa voix pour qu'elle ne le reconnaisse pas. Ce sont les dieux qui t'ont conduite à moi!

– Les dieux m'ont conduite dans tellement d'endroits, m'ont envoyé tellement de défis, fait rencontrer tellement de gens que j'aimerais qu'ils me laissent tranquille maintenant, soupira l'adolescente. Je souhaite seulement retrouver mon ami Arzhel et, bien sûr, ma famille.

– Ta quête ne fait que commencer, jeune prêtresse, continua Koad. Ton destin ne t'appartient pas, tu dois suivre le chemin tracé par Dagda et subir les épreuves qu'il t'impose sans rechigner. D'ailleurs, je vois que tu portes le triskell* sur ton visage. Tu as déjà franchi de nombreuses étapes de ton initiation, pourquoi abandonner maintenant?

– Je sais que je dois me rendre à Avalon avec mon secret et ceux que m'ont confiés Fierdad et Élouan, mais ces trois vers d'or sont lourds à porter. Je ne suis pas sûre de pouvoir continuer ma route sans Arzhel. C'est lui, l'Élu, j'en suis convaincue! Il est tellement plus fort que moi, plus expérimenté, il a plus de connaissances.

Koad ne répliqua pas. En lui, l'esprit d'Arzhel analysait ce que Celtina venait de lui raconter. Ainsi, elle avait déjà amassé deux vers d'or en plus du sien. Lui n'avait rencontré aucun des anciens élèves de Mona qui aurait pu lui confier son secret. La jalousie envahit son cœur, mais il n'en laissa rien paraître.

– De nombreuses aventures t'attendent encore. Je vais lire les augures pour toi…

De sa cabane, Koad tira des branches de houx qu'il avait récoltées pendant sa longue errance. Le houx avait la réputation de protéger les secrets, à cause de ses épines acérées capables d'éloigner les curieux. Dessus, le mage croisa des branches de noisetier, symbole de l'enseignement secret et de la science. Il mit le feu au tas de bois et y jeta une poignée de feuilles de gui, la plante qui guérit tout.

Celtina sentit une douce torpeur l'envahir. Elle ferma les yeux, étant presque sur le point de s'endormir. Seule la voix de Koad la maintenait encore aux portes du monde réel.

– Celtina, commença le jeune homme, ton long voyage n'a qu'un seul but : tu dois retrouver les treize trésors de Celtie et les amener à Tara, au centre du monde.

– Mais non…, prononça faiblement Celtina, Maève a dit d'aller à Ava…

– Écoute-moi, l'interrompit la voix envoûtante mais ferme de Koad. Ta mission est de te rendre à Tara. Retrouve les treize trésors de Celtie. Tu n'as rien d'autre à faire.

Le mage souffla la fumée hypnotique en direction de Celtina.

– Oublie Mona, oublie les vers d'or, oublie Avalon… Concentre-toi sur ta mission. J'ai dit !

Les mots de Koad glissaient en Celtina, cherchant à remplacer les paroles de Maève. Heureusement, sa formation de prêtresse l'avait préparée à être attaquée par des forces obscures. Sa véritable mission, se rendre à Avalon pour restaurer la Terre des Promesses, ne s'effaça pas totalement de sa mémoire, même si les ordres du mage y prirent place également.

Petit à petit, l'enchantement s'estompa et l'adolescente ouvrit les yeux. Koad était en train de lui ôter sa cape de laine rouge.

– Tu n'as plus besoin de porter ce déguisement, Celtina, rends-moi mes vêtements de druide…

– Mais…, s'étonna la jeune fille, ce ne sont pas tes vêtements…

– Mais si, souviens-toi ! Je te les ai prêtés quand tu es venue m'accueillir sur la rive, face à Mona. Tu voulais échapper aux Romains qui te poursuivaient alors qu'ils venaient de détruire ton village… Tu t'étais déguisée en prêtresse pour passer inaperçue. Tu ne peux pas avoir oublié l'attaque de Barlen.

Des images de destruction, de fuite, de barque, d'Ankou*, d'âmes perdues, et même de korrigans et de bêtes effrayantes se superposaient dans la tête de la jeune fille. Tout se mélangeait en elle. Koad avait presque réussi à lui faire oublier la plupart des événements qu'elle avait vécus. Elle ne savait plus exactement qui elle était. La petite voix de Gwydion, le dieu de la Sagesse, qu'elle entendait en elle ne cessait de lui murmurer de se méfier, de ne pas faire confiance à Koad.

– Regarde, Celtina, ce sont des vêtements de druide. Tu n'es pas druide, tu es une fille. Une fille ne peut pas être druide. Tu es une guerrière… souviens-toi! J'ai même gardé ta tunique et tes braies ici.

Koad lui montra alors une grosse ceinture de cuivre, des braies, une tunique de peau tannée, une saie rouge et bleue.

Celtina s'empara vivement du ceinturon. Du doigt, elle suivit le dessin compliqué des cercles et des lignes sinueuses entrelacées qui y étaient gravés. L'accessoire ne lui rappelait rien. Le mage tira ensuite d'un tas de fagots de bois où il les avait tenus cachés, un casque avec une plume de héron et un bouclier de bois gravé du dessin de la petite aigrette.

– Tu vois, tu es du Clan du Héron et «petite aigrette» est ton surnom… et ces armes portent le dessin de ton clan. Ce sont les tiennes.

Celtina plissa des yeux, cherchant un souvenir au fond de sa mémoire. Elle se souvenait être originaire de Barlen, du Clan du Héron. Koad devait avoir raison, elle ne pouvait pas être druide. Elle devait être une guerrière, l'une de ces nombreuses filles celtes qui, à égalité avec les garçons de leur âge, étaient formées au métier des armes et qui étaient destinées à mener des armées au combat.

Koad lui tendit ensuite un glaive* à la poignée d'ivoire gravée, une javeline, un arc, des flèches et une fronde.

– À partir de maintenant, tu es Celtina, combattante du Clan du Héron, et ta mission est de retrouver les treize trésors de Celtie. Peu de Celtes ont une telle responsabilité, il faudra être digne de la confiance que les dieux t'accordent.

En prononçant ces paroles, Koad avait plongé ses doigts dans un petit récipient de terre cuite contenant un liquide bleu : une décoction à base de guède* utilisée pour peindre le corps et le visage des guerriers. Cette plante servait tout autant à maquiller les visages qu'à teindre les vêtements ; c'était la plus belle couleur qui pût exister dans le monde celte. Le jeune homme s'approcha de Celtina et lui dessina des lignes sinueuses et des cercles sur le visage et les mains. Puis il lui tendit le bol.

– Enfile la tunique et les braies, et peins-toi les bras et les jambes.

Celtina entra dans la cabane de branchages pour changer de tenue; pourtant, au fond d'elle-même, tout lui disait que le mage était un imposteur.

Dès qu'elle eut revêtu ses nouveaux vêtements, elle se présenta de nouveau devant Koad. Un sourire malicieux étira les lèvres du garçon.

– Maintenant, Celtina du Clan du Héron… confie-moi les vers d'or qui doivent me mener à Avalon!

– Les vers d'or? Avalon? Mais… je ne sais pas, bredouilla Celtina. Je… Qu'est-ce que c'est?

Brusquement, redevenu Arzhel pour quelques secondes, Koad se rendit compte de sa bêtise. Il avait été trop pressé et son manque d'expérience lui avait été fatal. Dans son incantation, il avait dit à Celtina: «Oublie les vers d'or, oublie Avalon…» et c'était exactement ce qui s'était passé; l'adolescente ne se souvenait plus du secret que Maève lui avait confié.

Le garçon était désespéré.

J'étais sur le point de gagner la partie et voilà que ma propre stupidité m'empêche encore une fois d'avancer! songea-t-il. *Il ne me reste plus qu'à m'introduire dans l'esprit de cette fille pour tenter d'y retrouver le secret… en espérant qu'il en subsiste encore quelque chose!*

Il jeta une autre brassée de gui sur le feu qui s'éteignait et le ranima en soufflant vigoureusement sur les braises. La fumée monta et il la dirigea aussitôt vers Celtina pour la replonger dans le sommeil hypnotique.

Alors que le feu avait pris plus d'ampleur, un aboiement de chien se fit entendre. Un superbe animal élancé mais puissant se précipita vers eux. L'animal, tout droit venu de l'Autre Monde, chercha à mordre Koad. Le mage de la forêt retrouva aussitôt son instinct de protection, comme on le lui avait enseigné à Mona. Redevenu Arzhel le druide, il fit appel à son totem et se métamorphosa en ours. Se dressant de toute sa taille sur ses pattes de derrière, l'ours tenta d'éventrer le chien de ses puissantes griffes. Le protecteur de Celtina ne se laissa pas impressionner ; il aboya furieusement, tourna rapidement autour de l'ours, lui mordant les pattes et le dos. L'ours, malgré sa force et sa ruse, était incapable de se débarrasser du chien, alors il ne put faire autre chose que s'enfuir pour préserver sa vie. Lorsque l'ours fut parti, le chien vint lécher la main de Celtina. Alors apparut un homme vêtu d'une peau de loup.

– Sucellos ! s'exclama Celtina en reconnaissant le dieu protecteur, merci de m'avoir délivrée de l'ours…

– Tu peux compter sur mon chien et sur moi ! Nous serons toujours à ton service si le danger est trop grand pour que tu puisses te défendre seule et jusqu'à ce que tu sois devenue suffisamment forte et puissante pour te passer de nous. Et maintenant, il faut quitter cet endroit, de nombreuses aventures t'attendent encore!

– Oui, je dois trouver les treize trésors de Celtie! lança Celtina. Mais il me semble que je dois aussi faire autre chose. Je ne suis pas sûre…

– Tu t'en souviendras en temps voulu!

Lexique

Chapitre 1

Aube : Longue robe blanche en lin

Augure : Interprétation des signes de la nature

Boire à la régalade : Boire en renversant la tête vers l'arrière et en faisant couler le liquide dans la gorge sans que la bouche touche à l'outre ou à la bouteille

Bois : Panache de cerf ou de chevreuil (on dit aussi : ramures, andouillers, cors)

Céladon : Vert pâle comme l'eau de mer

Échanson : Personne chargée de servir à boire

Geis : Interdit prononcé par un druide

Impie : Personne qui a du mépris pour les croyances

Sanctuaire : Lieu sacré

Simples : Plantes médicinales

Soudard : Homme de guerre brutal et grossier

Chapitre 2

Braies : Pantalons amples

Carnyx : Corne de buffle pour sonner l'alarme

Centurion : Chef d'une troupe de cent hommes dans l'armée romaine

Cohorte : Plusieurs centaines de soldats romains

Fibule: Broche pour retenir les vêtements
Hanap: Grand verre sur pied en métal et muni d'un couvercle
Horde: Troupe d'hommes
Javeline: Javelot long et fin
Oppidum: Village fortifié
Saie: Carré de tissu généralement à carreaux
Torque: Collier en métal très rigide et épais

CHAPITRE 3
Claie: Grille en fer ou en bois pour faire sécher la nourriture
Glaive: Épée courte
Roncier: Arbrisseau portant des aiguilles piquantes et des mûres

CHAPITRE 4
Faîne: Fruit du hêtre
Matrone: Mère de famille ayant du caractère
Satire: Discours ou chant pour jeter un sort
Spore: Cellule microscopique de certaines plantes

CHAPITRE 5
Fief: Terre où un maître exerce son pouvoir
Limbes: Région mal définie d'un endroit

CHAPITRE 6
Auréus: Monnaie d'or romaine
Drachme: Monnaie grecque
Millarium: Unité de mesure romaine (correspondant à un mille ou à un kilomètre et demi)

CHAPITRE 7
Destrier: Cheval de bataille

CHAPITRE 8
Philtre: Potion magique

CHAPITRE 9
Mégalithe: Pierre de grandes dimensions (dolmen, menhir, etc.)

CHAPITRE 10
Aulne: Arbre qui pousse dans les lieux humides
D'estoc et de taille: Avec la pointe et le tranchant de l'épée

CHAPITRE 11
Carquois: Étui de peau tannée pour transporter des flèches
Escarmouche: Petit accrochage entre deux combattants ou deux armées

CHAPITRE 13
Andabata: Combattre en andabata: sans rien voir
Éloquence: Don de bien s'exprimer par la parole
Incitator: Gladiateur chargé de provoquer les autres gladiateurs
Mirmillon: Gladiateur celte peu armé et portant un casque
Palus: Pieu de bois servant à entraîner les gladiateurs
Pectoral: Plaque de métal placée sur la poitrine pour la protéger

Rétiaire: Gladiateur armé d'un filet et d'un trident
Saturnales: Fêtes romaines en l'honneur de Saturne (du 17 décembre au 6 janvier, environ)
Tiro: Gladiateur débutant qui n'a pas encore combattu

CHAPITRE 14
Pécule: Somme d'argent économisée peu à peu

CHAPITRE 15
Cimier: Ornement sur la partie supérieure d'un casque
Guède: Plante dont on extrait la couleur bleue
Penne: Longue plume des ailes ou de la queue d'un oiseau
Tourbières: Amas de végétation décomposée
Triskell: Motif décoratif de trois lignes recourbées dans le même sens

PERSONNAGES ISSUS DES LÉGENDES BRETONNES OU FRANÇAISES
Anaon (les): Les spectres des bois
Ankou (l'): Le squelette, emblème de la Mort
Groac'h: Le poisson aussi appelé « la Vieille »
Gudwal: Le compagnon de Brian
Gwiffret: L'yppotryll, un monstre fabuleux
Koriaded: Un korrigan; on l'appelle parfois « corannieit »
Marimorganes (les): Les sept sœurs qui règnent sur la Forteresse des Barques (Gliten, Glitona, Morgon, Moronoé, Thiten, Thiton et Tyronoé)

Morgazen (la) : La pieuvre
Morvach : Le cheval de mer
Tarasque (la) : Une sorte de dragon marin

PERSONNAGES ET LIEUX ISSUS DE LA MYTHOLOGIE CELTIQUE (BRETONNE, ÉCOSSAISE, GALLOISE, GAULOISE ET IRLANDAISE)

Abred : Là où naît la Vie
Andrasta : La déesse de la Révolte
Aobh : La mère des enfants de Lyr
Aed : Le quatrième enfant-cygne de Lyr
Aoifé : La marâtre des enfants de Lyr
Arawn : Le maître de l'Autre Monde ou Síd
Arnemétia : La déesse de l'Eau
Banba : La déesse des Combats
Bélénos : Le jeune dieu blond de la Lumière (Beltaine)
Brian : Avec ses frères, il tua Cian, le père de Lug
Cernunos : Le cerf blanc
Cian : Le père de Lug
Coirpré : Un barde satiriste
Conn et Fiachna : Les jumeaux, enfants de Lyr, frères de Manannân
Dagda : Le père suprême
Deirdriu : L'espionne des Fianna
Éolas, Fiss et Forchmarc : Les trois druides des Îles du Nord du Monde
Finn : Le chef de l'Ordre des chevaliers des Quatre Royaumes (les Fianna)
Flidais : La déesse de la Forêt
Finula : La fille-cygne, enfant de Lyr, sœur des jumeaux Conn et Fiachna et de Manannân

Gwawl : Le roi de Powys, soupirant de Rhiannon

Gwenwed : Le lieu de la Béatitude et de la Connaissance

Gigfa : La femme de Pryderi

Gwydion : Le dieu de la Sagesse

Keugant : Là où rien n'est encore créé ; le royaume de Dagda

Laudine : La Dame de la Fontaine

Lug : Le dieu de la Lumière

Llwydeu : Le puissant druide du comté de Powys

Macha : La Dame blanche ; elle peut aussi se présenter sous le nom de Scatach, la guerrière ou de Macha la noire

Maève : La grande prophétesse de l'île de Mona

Manannân : Le seigneur de l'île d'Arran ; le frère des enfants de Lyr

Morrigane : La déesse des Champs de bataille

Olc : Le loup

Pryderi : Le roi de Dyfed ; le fils de Rhiannon

Pwyll : L'époux décédé de Rhiannon ; l'ancien roi de Dyfed

Rosmerta : La déesse de l'Abondance

Rhiannon : La jument blanche ; elle est la femme de Pwyll, la mère de Pryderi

Sadv : La biche blanche

Síd : L'Autre Monde, sorte de paradis

Scatach : La guerrière, qui n'est autre que Macha la sorcière

Sucellos : Le dieu protecteur accompagné d'un chien

Taranis : Le dieu de la Foudre

Teutates: Le dieu protecteur de la Tribu
Tiernon: Le paysan qui a recueilli Pryderi
Thuata Dé Danann: Les tribus de Dana. Dana est la déesse dont descendent les dieux celtes

PERSONNAGES AYANT RÉELLEMENT EXISTÉ

Éduens: La tribu ayant appelé Jules César à son secours pour combattre les Helvètes
Helvètes: La tribu celte qui a cherché à annexer le territoire des Éduens
Jules César: Un général romain; le futur empereur
Osismes: Une tribu gauloise de Bretagne (France)

PERSONNAGES ET LIEUX INVENTÉS

Alba: La servante de Mona
Aliortus: Le jeune guerrier de quinze ans de Caldun envoyé dans l'armée romaine par Dérulla et Éribogios
Argantius: Le chef du village de Barlen, mort durant l'attaque des Romains
Arzhel: Du Clan de l'Ours; apprenti druide parfois appelé Koad, le mage de la forêt; fils d'Éribogios
Attilius: Le gladiateur germain
Banshee: La mère de Celtina; elle est une Thuata Dé Danann
Barlen: Le village de Celtina
Benedig: Une jeune prêtresse de Mona qui a quitté l'école à Beltaine
Bugul: Le korrigan
Caldun: La forteresse de pierre, village d'Arzhel
Caradoc: Le petit frère de Celtina; il est esclave chez les Romains

Celtina : Du Clan du Héron, elle est apprentie prêtresse ; surnom : petite aigrette

Cenobarbi : Le chef de la tribu des Osismes

Cingéto : Le guerrier ; le cousin d'Arzhel

Cornelius Lucius Aulus : Le centurion romain qui a capturé Gwenfallon, Banshee et Caradoc

Dérulla : Le druide de Caldun (la forteresse de pierre)

Éponine : La femme de Tritogénos

Éribogios : Le roi de Caldun ; le père d'Arzhel

Fierdad : L'apprenti druide de Mona qui se joint aux Fianna

Gildas : Un apprenti druide de Mona

Gwenfallon : Le père de Celtina ; il est forgeron, prisonnier des Romains, puis gladiateur

Jakez : Le fils d'Alba ; il est passeur du bac

Katell : La nourrice de Celtina ; la sorcière aveugle

Koad : Le nouveau nom d'Arzhel ; le mage de la forêt

Marcellus : Le maître d'escrime romain

Mikaélidès Kyros et Stavros : Les deux frères, marchands grecs

Myghal : Le guerrier cornique de Kernow (Cornouailles)

Padrig : Un apprenti druide de Mona

Solenn : Une apprentie prêtresse de Mona qui a quitté l'école à Beltaine

Tifenn : Une apprentie prêtresse de Mona

Titus Ninus Virius : Le Romain qui a acheté Banshee et Caradoc

Tritogénos : Le troisième-né ; cousin d'Arzhel ; tué dans la bagarre

Verromensis: Le druide de Barlen
Yoan et Élouan: Deux apprentis druides de Mona qui ont quitté l'école à Beltaine; ils sont jumeaux

LES LIEUX RÉELS
Aquae Sextiae: Aix-en-Provence, France
Arran (île d'): Écosse, Grande-Bretagne
Circus Maximus: Arène des gladiateurs, Rome
Ériu: Érin, Eire ou Irlande
Gwened: Vannes (Bretagne), France
Kernow: La Cornouailles, Grande-Bretagne
Marimorganes (îles des): Îles du golfe du Morbihan (Bretagne), France
Massalia: Marseille, France
Mona: Île d'Anglesey, Grande-Bretagne
Territoire osisme: Finistère et Côtes-d'Armor (Bretagne), France
Val d'Orgueil: Presqu'île de Rhuys, Morbihan (Bretagne), France

Pakkal, La revanche de Xibalbà sera en librairie
le 13 septembre 2006

Pakkal, Les guerriers célestes sera en librairie
le 15 novembre 2006

LEONIS

LA SÉRIE QUI VOUS PLONGE DANS L'UNIVERS FASCINANT DE L'ÉGYPTE ANCIENNE

LEONIS, LES GARDIENS D'OUTRE-TOMBE
SERA EN LIBRAIRIE LE 15 NOVEMBRE 2006